SPRING

野

更具体地生长

All This Wild Hope

山人鱼与乌有王

[日] 山尾悠子 著

刘佳宁 译

GUANGXI NORMAL UNIVERSITY PRESS
广西师范大学出版社
·桂林·

图书在版编目（CIP）数据

山人鱼与乌有王 /（日）山尾悠子著；刘佳宁译.--
桂林：广西师范大学出版社，2023.11
ISBN 978-7-5598-6281-5

Ⅰ.①山⋯　Ⅱ.①山⋯　②刘⋯　Ⅲ.①幻想小说－日
本－现代　Ⅳ.①I313.45

中国国家版本馆CIP数据核字（2023）第157041号

著作权合同登记号桂图登字：20-2023-081 号

SHANRENYU YU WUYOUWANG
山人鱼与乌有王

作　　者：（日）山尾悠子
译　　者：刘佳宁
责任编辑：彭　琳
特约编辑：王子豪　徐　露
装帧设计：沼泽之地 Swamp Land
环衬插画：王一诺
内文制作：陆　靓

广西师范大学出版社出版发行

　广西桂林市五里店路 9 号　邮政编码：541004
　网址：www.bbtpress.com
出版人：黄轩庄
全国新华书店经销
发行热线：010-64284815
北京鑫益晖印刷有限公司印刷
开本：787mm×1092mm　1/32
印张：5.625　　　字数：60千
2023年11月第1版　2023年11月第1次印刷
ISBN 978-7-5598-6281-5
定价：52.00元

目录

"有人告诉过我，幸运的次数是被事先决定好的。"

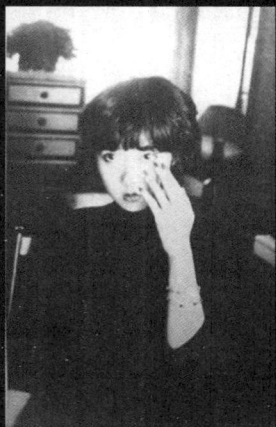

山尾悠子
1955—

山人鱼与乌有王

"人的身体本身就是一个世界、一个宇宙。"

———

　　这是我们惊异的新婚旅行的故事。关于某种舞蹈和漂浮的故事。各式料理，以及带来许多麻烦的床榻和卧室。大火。最终是我与妻子相遇的故事。

———✦———

　　去回忆。向着深远，回到初始的时刻。或是从心所欲地飞往任意时间点。

　　"舞蹈的最终目标是漂浮在空中。"——说这句话的人究竟是伯母还是我年轻的妻子，记忆已经模糊不清。虽说这不过是一个平庸的主张，毫无稀奇，像是不知从哪里听过许多遍的说辞。"——某种意义上讲，将比山茶花更加美丽的坠落视为目标也无妨，平衡感就像深深刺入地面后静止的长枪。或是彻底无视重力，一直在空中停留。跳跃并非跳跃，舞者就像居住在与地面分离之世界中的珍奇生物一样。"

这种口吻，果然出自被称为"山人鱼"的伯母吗？她的确是与舞蹈有关的人。没错，是山茶花，说话时伴随着肢体动作的伯母背后，时常堆满了比人还高的罕见东洋水壶等物，更有一排比水壶更珍贵的俊俏姑娘随侍。而说到我的妻子，虽是以另一种形式，却也不能说与这些事毫无干系。比如在旅行的最后一夜，妻子的嘴在我眼前翕张，清楚地说出了这番话："我要把火点着。烧掉。让一切化为乌有。"

——在那个场所，在那个不祥之地放火逃走的夜晚。我们手牵着手奔跑，几度瞥见脚下出现仿若幽暗宇宙中繁星闪烁的空间，我们勉强不让自己坠落，而在狭径间穿行，妻子的双脚不时挣脱重力的羁轭，摇摇晃晃地漂浮在空中。我握紧妻子的一只手，费尽力气拽着她逃跑，记得那时我似乎看到了一道石门。一边奔跑，一边侧目观察，发现石柱与石柱之间浮游着一只巨大的眼球，在黑暗里向着四面八方射出无数锯齿状光线——而我正一只手牵着肆意在空中漂浮的妻子，试图将她拽回地面，奔跑已经使我精疲力竭，只要我们能够平安无事地通过那个地方，就足够了。

谁会相信这些发生在我们惊异的新婚旅行的最后一夜呢？最终，我们到达了山脚下那座平凡的火车站，我记得那是一条无须换乘就能通往平稳日常的单行轨道。妻子的空中漂浮在那以后再也没有发生，我们平稳无事地生活到现在，但也可以说，我们共有了无法向彼此吐露的记忆，成了共犯一般的夫妇。

接着，我望着平凡无奇的早饭后留下的白色餐盘，悄然忆起。用切片面包擦拭过后，盘中残留的浸了油的半熟蛋黄、黑胡椒粒、纤维破损的绿色和橙色的菜叶，在我眼里它们宛然如画，又想起，在车站旅舍喧闹的早餐厅里，两个人迎来了最初的清晨——

———

　　自然也有我母亲的故事。我曾三度造访的夜宫的印象。在我们的新婚旅行的最后一天清晨，在山中伯母那张过于巨大的床榻一角，端坐着的一身旅行装束的年轻母亲。那依稀是她生前的年轻模样。不一而足。还有我在一瞬间目睹的机械人类。单足舞蹈家的死亡面具。

———

　　却该从哪里讲起呢？如那在旅行第二天上午发生的事。就从妻子在初秋的车站拱廊内，购入了她中意的廉价仿毛皮围脖那里开始吧。"接下来我们要乘坐高原列车上山。它一定会派上用场的。"——她一边辩解，一边郑重其事地抱住服装店纸袋。那是我们结婚后的第一次购物，妻子阻止了我，用她自己小小的女式钱包结了账，满足地嘀咕道："不记在零钱簿上可不行。"如果要讲结婚后的第一件事，便是在那个清晨，在车站旅舍的早餐厅里，我们第一次一同用餐，这当然应该述诸笔端。在作为宿处相当奇妙的车站旅舍内，那是唯一一个宽敞而且格调沉稳的地方，室内充满了从窗外照进来的丰沛晨光，给人以明朗的印象。在那里，我第一次发现妻子在所到之处囤积面包这一小小的收集癖。记得在那时，浑厚的汽笛声响了几阵，那是通知客人们中央车站那著名的巨大转车台回转一晚后终于停止的信号。

——原本预计在前夜抵达的列车屡次延误，我们也因此直到深夜才抵达此处，没有来得及吃晚餐就被赶回客房，然而，记得第二天早上，在约定的碰头地点，也就是早餐厅楼梯下方，我等待了很长时间，妻子终于出现在楼梯上，只洗了脸，还是素颜，那时我像是恍然大悟。我才有了实感——自己和年龄差距很大，而且不那么熟悉的人结婚了。"——在那之后，我稍微吃了点儿消夜。"走下楼梯的妻子率先开口，声音压得很低，毕竟那时我们交谈的语调还不太亲密。或许是匆忙赶来的缘故，她呼吸急促，新奇地环顾着周遭事物，店内随处是吵嚷的住客，自助餐餐桌一列列排开，供人取用的食物摆成上下两层。"是自己取吗？"她突然露出不安的神情。

"随意取些自己喜欢的东西吃吧。你一定饿了。"

"虽然吃过消夜了，但只是些肉干和坚果一类的零食。是××放进我包里的，"妻子说出了她的女代理人的名字，"大概是应急食品吧。拿出换洗衣物时，在包的角落里发现的。"

"你说的是策划旅程的人对吧，那个有些古怪的……"

"您也知道啊。确实如此。"

"虽说我们只通过电话，"我说，"似乎是个很特立独行的人呢。"

"可是，她很可靠。"年轻的妻子神情严肃。但她很快便全神贯注地从平淡无奇但总量丰富的食物中挑选早餐食谱——小面包和各式果酱、盛放在保温容器中的黄色鸡蛋碎和培根、烫熟的香肠和水煮蔬菜、各式汤羹和鲜榨果汁等。

关于那次旅行的行程安排，我当时有无数话想说，虽然我明白这种事需要向妻子让步，但唯独新婚头一夜的留宿地选在车站旅舍这件事，让我有些难以释怀。这里不过是小憩的地方，只是为了消磨等待换乘的漫长时间，电话那头的妻子的女代理人一再强调。

"——是的，这家旅馆把住宿客人的安全放在第一位，从这一点上讲，这里比其他任何地方都更值得信赖。"仪态文雅得像个女舍监的值夜前台经理说完，就在橘色的台灯下确认预约台账，递给我们两把房间钥匙。这件事发生在前夜，那时已很晚了，几乎是深夜时分，旅馆的入口夹在我们终于抵达的月台上的廊柱与廊柱之间。对于目欲旺盛的我而言，这是幅十分有趣的景象。巨大的圆屋顶、拱廊和转车台所在的中央铁道站是这一带铁路的要冲，尽管我来过多次，却对旅馆的存在浑然不知，因为它的客房楼层隐藏在车站的整体构造之中——灰发的女经理唤来了三名身强力壮的女客房服务员，我们被护送到相应的地方，但这里与狭窄的前台相同，通道的天花板又低又窄，给人一种微妙的压迫感，与贴着护墙板的室内装潢、遮光布笼罩的壁灯相衬，不知为何，让人想起卧铺列车的过道。单侧墙壁的窗子刚好都朝向车站内部，可以俯瞰深夜的拱廊和列车出发、到达的站台。

"女性客人的专用楼层在前面。夫人就先由我们来照顾。""怎么会这样？""关于晚餐的预约，我们感到很遗憾，但我们将会送一份简单的便餐到您的房间。"唇枪舌剑过后，她们将妻子推到窄廊尽头，那里有一扇看起来像是墙壁一部分的房门——就像字面意义那样，客房服务员从背后推着妻子，将她"关押"进了房门——剩下的一个服务员关上门，虽然没有上锁，但她搬来一张小椅子，扑通一声坐下，不光不让任何人通过，甚至还回瞪着我。在彻夜通明的黄灯照射下，这一幕微妙地印在我的眼底，走廊散发着地板蜡的气味，地板发出嘎吱嘎吱的声响，这些如今也清晰地留在我的记忆里。

其后，不出所料，我被带到的房间也相当狭小，这里的格栅天花板低矮得几乎可以碰到头顶。果然还是有必要说说我在这间屋里的见闻——代替晚餐的食物迟迟未到，我感到非常疲惫，只得早早就寝，然而，还未熟睡便被吵醒，隐约听到有争斗声。从靠墙的床上稍微坐起来，透过窗帘可以看到外面。之前我已经确认过，透过那扇窗从高处向下望去，可以清晰地看到深夜车站的屋檐下的景象，而此刻在冷清的列车站台，正在进行一场没有任何见证人的决斗。微微被照亮的两条影子激烈地来回移动，我下意识地认为这是一场决斗——武器似乎是大号的匕首，仅是旁观便能看出他们之间压倒性的实力差距，很快便决出了高下。午夜时分的中央站充满骚动与不安，少顷，用败者的外套下摆擦拭着刀刃的男子突然抬起脸，尽管我们相隔一段距离，对方却像是洞察到了我的视线和存在。我只能辨认出那是个相当年轻的男子，而在后来的旅行中，我将多次目击到这个使匕首的男人的脸。

"一觉睡到早上才醒。抱歉，我睡过头了。"第二天清晨，妻子说道。白色的取餐盘里放着新鲜的蔬菜、蜂蜜酸奶和水果，她拒绝了我递过去的茶，选择喝冰牛奶。我犹豫着，不知道该从哪个话题说起。

"我还不太习惯和人面对面吃东西。"注意到我的目光，妻子用餐巾遮住嘴巴，面色泛红，"我一直都是一个人——餐室是单人房，桌子对着窗户，吃饭的时候会一直望着山峰。"

"你住在寄宿舍的事情，我也听说了。"我说道，"是那个人告诉我的。单人房是什么？"

"我会收拾好祈祷室的桌子，也在那里用餐。桌子两侧是墙壁，地方狭小，让我内心平静。我喜欢狭小的地方。"

"结婚后你的生活一定会有很大变化。再多吃点吧。"

妻子的房间也没有送晚餐吗？我茫然望着妻子站起身，向朝阳无法照到的深处餐位走去，心里暗忖。这时，邻座的老妇人迫不及待地和我搭起话来："你妹妹住在我隔壁房间。我们一起来的。她是个可爱的人呢。"

"她是我妻子。"我说完后，对方露出浅浅的微笑。"但你们长得一模一样呢。真的很像。"

"我们是远亲。血缘就是这么一回事吧。"

"也许我认识你的母亲。她是著名的旅行家。这样看着你，轮廓像极了她。"

"家母早已去世了。很久以前就离开了。"

深处的取餐处似乎发生了争执，我立即离开座位。妻子被侍者抓住手臂，紧闭双眼，皱着眉头，像陷入了缄默的孩童，嘴角向下撇。她刚刚把大量小面包塞进手提包里，而且还打算把切成两半的巨大长棍面包带走，似乎因此受到了责备。坚硬的表皮一角烫了制作编号的扁平圆面包、用蜡纸包裹的油炸面包、裂开的焦面点缀了些果干碎的酵母面包，这些花了许多心思的面包今后也会在妻子的旅行包里，或许只有在人生的意外时刻，我才会发现它们，但回到楼上低矮的客房——自然是回来取行李的——那里也有东西在等待着我。面包和肉酱被一股脑装在冷漠的纸箱里，红酒瓶被悄悄摆在餐桌上，我又暗暗忆起其他事情——比如我的母亲，比如那座夜宫。

即便在上午的车站拱廊里，也能明显感受到初秋气候正逐渐转浓。妻子怯生生地瞄着鳞次栉比的高级时装店，一扇扇玻璃窗上贴了金字。在一家面向旅行者的商店

里，她添了几件秋衣，也买下了自己看上的廉价仿毛皮围
脖。"有了这个就安心了，早晚天气转凉也不碍事。"——
妻子抱着纸袋，一只手环上我的手臂，说话时流露出幸福
的神情。

———◆———

记忆。旅牛的通过。列车停在一个不是车站的地方，始终一动不动，周围已沉入黄昏，化作黑夜的世界，令人无法再想起幽暗的平原上邈远的日落。我用双手将客房的窗户推上去，探出身子，只能感到夜风中湿润泥土和青草的气味。

"旅牛正在通过。"困倦的列车员重复着这句话，我能看到的只有在蜿蜒平缓的长路上，停下的旅客列车的一线灯光在黑暗的世界里摇曳。灯光绵延无尽，化作尖锐而细弱的、无依无靠的曲线。虽然是在没有月亮的黑夜，我却仿佛看到了遥远梦幻的光景，黑色牛群正横穿铁路通过。
点了灯的包厢里，白天刚办过结婚典礼的新娘裹在毯子里
昏昏睡去。她被梦的膜所包裹，在体温里自足——黑牛群
如泛滥的黑色河流，不断穿过铁轨，长长的耳朵和弯曲的
角都如夜晚一样漆黑。

———

　　"这个人……尊夫人显然很有潜质。不，应该说是逸才。""我们呢，甚至都这么想。"——这就是我的妻子被要求接下夜宫的降灵会工作的经过。那时射向黑夜下草坪的无数盏矩形窗灯。像往常那样带着毯子来到草地上的观众。舞蹈团。一簇美人的背肌和斜方肌。

　　我在嘈杂的联络通道里一边走，一边回头招呼妻子，转回身后，与一位令人怦然心动的美人擦肩而过——我想那是旅行第二日的午后，在飞驰的高原列车上。眼睑如牛眼般浑圆，美丽无缺的脸庞，淡色的头发利落地扎起，正面露出整张脸的轮廓。与这样的女客擦肩而过，我不由得用目光追逐她，回过头时，刚好看到她脱下毛皮大衣，露出后背的瞬间。毛皮被她随意地夹在腋下，美人化为一个穿着裸露程度很高的运动服的背影，被裹进混乱的人群。裸露的后背最细微的动作，也都印在眼底，紧绷的肌肉微微隆起，即便在外行人眼里，也看得出来并非半吊子的锻炼能练成的。

"——我小时候曾在伯母那里受过照顾。虽说只有很短一段时间。"

回到单人房间后，妻子忽然这样说道。她梳好的发型与方才那位女子相似，脸上略施粉黛，只是轻轻擦过淡彩，仍像是素颜，我暗想。她非常年轻，充满孩子气，这样的描述虽有些不知所云，但让我想起了昨天在登记所举行的结婚典礼，那里似乎已经无可避免地沦为对众多新娘评头论足的会场。世上竟也有如此俏皮的女子，我一面感慨，一面兴致勃勃地观察着她们——比如有白裤子搭配蕾丝上衣、肩部披着蓬松柔软的白透纱斗篷，以此替代头纱的黑发姑娘，颇为洒脱；也有穿着充满设计感的纯白衣裳的女人，将布片和立体剪裁技术发挥至极致，仿佛空荡荡的礼服裙自己就能立起来。那些女人依次被叫到登记台进行结婚登记，她们身旁站着即将成为丈夫的男人。

我的妻子戴着似乎已是古董的、系着白蕾丝细带的面纱，搭配白色连衣裙，她坐在旅行包上，在登记处等候着我，这样的景象是否有些过于美好了？我们通过中介进行书面交涉缔结了婚约，之后，我们也有寻常的书信往来。熟人中有人提起过，某天，装在箱子里的妻子被送到了他家玄关，想来，我的婚姻还是非常符合常识的。

"说起你的伯母，她也是我的伯母呢。"

"小时候我见过你吗？当我住在伯母家的那段时间里……"

"我记得母亲和伯母的关系似乎不太好。"我回忆起来了，脱口说道。车窗外的景色逐渐由起伏的山峦变成连绵的街景，这些都在告知久未归乡的我，距离那座观光城市——我的故乡越来越近了。"——所以，我不记得小时候去山中的伯母家做客的事了。也就是说，那时候我的母亲还在人世。"

"比起我，伯母更关心团里的姑娘们。"

"你是说山人鱼舞团吗？"我说出了伯母经营的小舞蹈团的名字，"她们都是怪人呢，我说那两个人。"

"怪人，是这样吗？"

"我的母亲也是，比起儿子，更优先考虑其他事。所以她死掉了。"我接着说，"伯母也是一样吧。在母亲的葬礼上——"

"但是，我也可以把脚尖抬到额头上噢。"

她突然说道。我望向妻子的脸，她眉头紧锁，瞳孔稍稍向中心收缩。

"——那可真是可怕的光景呢。"

"寄宿舍里有体操室。伙伴们一直在做柔软体操。"妻子继续说道，语气有些许慌乱，"团里的姐姐们都喜欢毛皮。伯母也是。"

"你喜欢真毛皮的话，哪个我都买给你。无论狐狸还是貂的，还有猞猁，它好像也很受欢迎呢。"

我想起了我所在贸易公司的主要商品图录，里面几乎囊括了所有种类的商品。妻子抚摸着膝上的仿毛皮短毛围脖，若有所思地陷入了沉默。

在车上，纸箱里那些干巴巴的面包、肉酱和红酒成了我们各自的便当——后来，这些食物也被送进妻子的房间——接着，我久违地想起昔日交往过的一个女孩，我们一起提着装有三明治的篮子和毛毯，去夜宫游玩。那时，我们中了一张赐予特别权利的奖券。

———

"我想去夜宫玩。带上三明治便当，也不能忘了往草地上铺的毛毯。""我听说那里会有很多人。""运气好的话，还能看到游行和烟花。望着宫殿，大家一起通宵。"

昔日交往的姑娘苦苦央求，那时，我也想起了很长一段时间都不曾记起的母亲。我孩提时代的记忆中有一段空白，我不记得母亲是从什么时候起不在的了。我想我以后还会再次提到我的母亲，后来，我们举行了徒有形式的葬礼，只是越过大海传来了她客死他乡的消息，就连遗骨也没有回来——我从未想过在新婚旅行的第二日，会住进那座和我缘分不浅的"夜宫"，这自然是它的通称，在事先寄来的旅程表上，只是写着我从未听说过的一家住宿设施的名字。

　　无论如何，我都无法忘记那一夜发生的事，尤其是在宫殿的降灵会上，我们手牵着手围坐在桌子周围，我惊讶地看到身旁的妻子悬浮在空中，迟迟没有落地。那时，透过众多柱廊的间隙，可以窥见舞蹈团明晃晃的演出舞台，屋外，幽暗的草坪上铺满了毯子，拥塞着通宵的观光客，长夜里，这幅光景在目光所及之处蔓延。——如此想来，那是狂躁的一夜，我和妻子在宫殿里几度走散，陷入了互相寻找的窘境。我记得在挂满枝形吊灯、摆放了许多面镜子的一个角落里，甚至看到她成为飞刀表演的靶子，但那可能仅仅是我在吧台喝得烂醉时的妄想。

　　让我们循着时间线回到稍早的时候，回到我们走进夜色苍茫的宫殿前发生的许多许多事里。在事务局的抽选会场，哗啦哗啦地转动摇奖机，标志着中头奖的红球一次次滚出来。争执与纠纷。——回忆起那天发生的事情，还有很多要说的，但最重要的是我们下午抵达车站后收到的一摞电报，我想，从那里开始讲述才更合适。

不消说，电报是妻子的女代理人发来的，很显然是有紧急的要事。然而，我们刚刚来到车站就听到服务台的呼唤，过去后发现，一位为其他事前来的面访者已经等在那里了，他是我那长年闲置的老家的管理人，所以也没有什么稀奇。令人困惑的是另两个先到的客人，不知为何事争执不下。"我们听说有新婚特典。这是从可靠渠道听来的。""我们刚刚办完婚礼。登记的结婚证也在这里。"——背着旅行包的一对男女不肯善罢甘休，他们似乎以为我们要插队，满怀敌意地瞪着我们。

"葬礼在后天。望速前往。什么啊这是？"妻子从电报堆里展开了其中一张说道，与此同时，老家的管理人不停地为自己进行辩解。他眼里带泪，像是在强调自己的软弱和无助，妻子的女代理人似乎直接与这位戴无檐帽的老管理人取得了联络，而且采取了相当强硬的态度。

"您是否可以谅解，那里目前不是可以留宿的状态，更何况是作为新婚的婚房。"

"原来你们已经在我不知情的情况下商量过了。我还以为今晚的住宿早就安排好了。"

"啊，我原本计划明天去您那里。"妻子插话道，"偶尔也需要去检查看看。但是与其等到明天，似乎今天去更好。您看这封电报。"

"关于尊伯母离世及旅程变更一事。"我读了电报的开头，"这是怎么回事？"

"总之，至少今晚的住宿，仍按原定计划进行。是这样吗？"

我抬眼望向服务台外，看见一位令人瞩目的美女穿梭在行人之间，那是发髻挽成一座圆锥塔的白皙美人，斑点毛皮大衣很是显眼，像是某种记号。"山中的伯母早已经去世，还未举行葬礼，只有冠名的舞蹈团还在继续活动。我们还有其他的伯母吗？"

"总之，我们先去你家。一定要去实地检查，这是××不厌其烦叮嘱过我的。"

戴无檐帽的老人发出一声悲鸣，这时我暗想，或许是他的儿子或孙子一家擅自住进了空屋。突然，我被脚下的东西绊倒，打了个趔趄，似乎是身旁接待处争执不休的男女丢来的旅行包。"走后门的人可真狡猾啊。"男人故意抬高了声音。女人也点头称是："最差劲了。"她一直盯着妻子的仿毛皮围脖，然后吐掉了口香糖。我们很快便会和这二人再度相遇。

秋风吹拂，午后迟迟，透过疾驰中的汽车的挡风玻璃，我望见一整面鳞状着积云在高原城市的上空闪烁着微光。

我驾驶着老管理人事先停在热闹如观光胜地的车站边的汽车——一辆款式古旧的普通中型轿车——管理人过于心动神摇，已经腰腿瘫软，我只得让他坐在后排座位，他却不知为何变得饶舌起来。

"还有利权的问题……毕竟还有很多事要处理。因为舞蹈团一直以尊伯母的名义举办追悼演出。""医师团队发布了她罹患重症的消息，几天后便登了讣告。没有举办葬礼。至于她是否真的死了，至今也是众说纷纭。""尊伯母就像传说中的人物一样。"

我问他这与我老家的事情有何关系，他没有作答，在我感到自己终于接近真相的时候，"我怨恨您。""我曾经想过，就这样安稳地一直当管理人。"——停车后，坐在后排的老人在拥堵的马路下了车，刚关上车门，交通信号灯就变了，我只得驶离了那里。"请把车灯打开。"坐在副驾驶座的妻子说道。堵塞的道路前方，我意外地看到近在眼前的巨大摩天轮的剪影，立于赤红的天空之中。

"你看，那就是夜宫呀。"妻子兴奋地抬高了音量，记得那时我感到时间过得飞快，"还可以看到大屋顶的轮廓。很快就要点灯了。"

"——真的有摩天轮吗？"

"车停在这附近就可以了。我们一起走过去吧。"

"你是不是在敷衍我——"

"人好多。请您当心。"

在黄昏嘈杂的人群中，我们停下车，很快被人潮吞没。车辆已无法继续前行，取出行李，我们开始步行。气温越来越低，寒风吹得肌肤微凉，视野中的街灯急速增多，大道上，所有像是观光客的人都朝着大摩天轮耸立的方向前进，道路过于拥挤，人们你推我搡地缓缓移动。就这样，我第三次来到了夜宫。

———

夜宫的印象。视觉的记忆。夜宫内灯光璀璨，大堂里铺设了几乎令眼睛感到刺痛的黑白棋盘格图案的地板，摆了一张长长的桌子。一位女王般珠翠罗绮的中年女人，坐在铺了洋布的桌子最远处的上座，一面受人服侍，一面用餐。被花椰菜肉冻覆盖的一整条鱼、软烂的带骨肉、汁水丰厚的叠了许多层的派、被白齿碾碎的残渣和泛泡沫的汁液从嘴唇滴落，淌到下颚，或是向四周飞溅，洒到各个身体部位。那时还是个孩子的我被母亲牵着手，坐在桌边最不起眼的位置，目不转睛地观察女王的一举一动。长得漫无边际的餐桌中间也坐了人，一个短发参差、面色苍白的姑娘垂下眼帘。女王若是山中的伯母，那么，面色苍白的姑娘就是我现在的妻子吗？——那似乎不太对，还是个孩子的我默默想道。

母亲递给我的硬皮面包。那是前往夜宫当天的便当，被餐巾紧紧包裹着。我需要不被女王察觉，只能悄悄含在嘴里吃，表皮坚硬的面包一头吸饱了我的唾液，完全变得软趴趴。从通向大堂的过道上的窗户，或是从大堂幕布的缝隙里，不时有马探出头来，用人语高声喊叫。

———

　　许多张美丽的脸。《山人鱼与乌有王》。

　　姑娘们美得仿佛来自其他次元空间，她们互相说着话，成群结队地走过夜宫事务局的明亮通道。我从大煞风景的抽选会场内望见了她们，透过毛玻璃，我看到许多攒动的人影。当她们走进大开的门扉时，突然显露出现实的姿态，转眼却又再度化作毛玻璃中的暧昧身影。那里是每一瞬都在发生变化的新鲜光景，如同她们身披的毛皮种类、发髻的样式各不相同，每一张化妆的洁白脸庞似乎都存在差异，这就是所谓的个性吗？我耽于无聊的感慨。——抵达时，我只是匆匆一瞥大屋外昏暗而广阔的草坪，那里挤满了旅客，这让我不可避免地回忆起过去的我也曾在那里，那时同行女孩的模样，也从记忆的彼方被唤醒。篮子里放了大号的保温瓶，异常沉重，她本人因为实现夙愿而欣喜，脸颊泛起潮红，只记得她是一个极平凡的女孩，在这一点上她和我现在的妻子没有什么决定性的差别，不、不，实际上可能有相当大的不同。

追悼纪念公演一事已经确定下来，无须向旁人打听，无论是否愿意，数不清的宣传看板都将映入眼帘。在颗粒感粗糙的舞者全身像上，用突出的白色大字标注着节目名称，以及装饰性花体文字印出的伯母名字。事务局和抽选会场都是附属于夜宫的独立小建筑，正当我们走进屋内，宫殿一侧的灯光被点亮，引发了巨大欢呼声和喧闹声，让人不禁起疑是发生了什么大事，周围的空气也簌簌地震颤，已经点上灯的事务所天花板上的电灯一瞬间变得黯淡，像是松了口气。"有些狡猾的家伙来晚了，错过了精彩的地方呢。""谁知道会不会有人在抽选上耍花招，我可要好好盯着。"——故意抬高音量的是在车站遇到的二人组。此时，现场已经有相当人数的预约住宿客人聚在一起，听房屋分配等相关说明。

"晚餐是在会场举行的自助餐宴会。这里虽然有酒吧，但没有餐厅。"主管人员开始了说明，饥肠辘辘的我只有满心苦涩。午餐是放进那个纸箱里的简单食物，完全吃不饱。

"——我以前来过这里，也进入过这幢建筑，那时也没有餐厅，我记得。酒吧是新建成的吗？"

"这里作为住宿设施进行了彻底的翻修。"

我和妻子悄声交谈。对规程的说明仍在持续。

"决定办婚礼的时候，我很早就预定了这个地方，拜托了××——你说你以前来过这里，是和谁一起来的？"

"母亲。"我答道，这的确不是谎言。

正当我将视线移向别处时，我目睹走廊里有一群美人通过，不知不觉陷入了无聊的思索，不过，若是完全不着笔妻子这时的装束，我想也有失偏颇，就在此处简要记下。妻子在她昨天穿的七分袖白色连衣裙上，套了刚刚买的浅色对襟毛衣，她似乎很喜欢那条仿毛皮围脖，尽管与服装不搭，却像是成了妻子身体的一部分，格外合身。

随着"抽选正式开始"的宣告，场上一时间人声嘈杂，充斥着紧张感。就在这时，我接到电话，不得已离开了现场。"若是抽中了视野不好的房间，那就抱歉了。"说完，妻子就去摇奖机前的抽选队伍里排了——那通电话让她分了神，只得站在队伍的末尾——不出所料，在另一个房间我接起电话，来电者正是妻子的代理人。除她之外，也不会有其他人了。

"电报送到您手上了吗？"对方从这里起了话头。先前的几通电话交谈过后，我就明白她是个棘手的家伙。

"你说什么事？"我急忙问道，"记得之前我也对你讲过，我与伯母从很久以前就疏远了，甚至可以说是'诀别'了。听到讣告时，也是无动于衷，没有主动去联络。"

"这里面存在巨大的权益纠纷。那是个天文数字。继承的具体事宜也很难进行——这和我监护的那孩子也关系密切。总之，请您明天务必前往山中宅邸。拜托您了。"

"我老家的管理人逃走了。你对那个老人说了什么？"

"逃走了，说明他是个机灵人。"中年女性的低沉声音继续说道，"空屋的事情不要担心。没有人擅自住进去。我已经确认过了。"

"您真是什么都知道呢。"

"请不要在夜晚的中庭里决斗。您没有胜算。"

像是直接在我脑海中的某个角落低语，说罢，电话就被挂断了。诸多疑惑很快随之浮现，比如，今晚在这里举行的追悼公演是事先筹划好的吗？我一只手盖在沉默的话筒上，思忖着，摆放在同一柜台上的各种宣传册引起了我的注意。除了山人鱼舞团的公演以外，那时，我还看到了降灵会的介绍册，但眼下更引人瞩目的问题是从抽选会场传来的不安气氛。

之所以通过抽选分房间，是出于各个房间的条件差异极大，所谓的条件差异主要在于窗外的景致。"我亲眼看到你让摇奖机倾斜了，亲眼！"那对新婚夫妇中的女人正在纠缠我的妻子，和白天时一样，她戴着花哨的帽子，穿着阔腿裤。我看向妻子，她攥紧一只拳头抵在胸口，紧紧阖上双眼，嘴角两端向下撇。

"我听说有新婚的专属特典。你们没有正当理由抢走特别房间吧。"

"我们今天刚刚举办了结婚典礼。就是为了特典才选在今天办的。"

我向对着工作人员喋喋不休的那两个人打了招呼，靠近他们，妻子突然转身打开了摇奖机的盖子，把手里的球丢了进去。那似乎是一个红球，摇动手杆，从下面的出口滚落出来的也是红球。"——你看，这就是你使诈的证据。"轻轻吸了一口气后，穿阔腿裤的女人蛮不讲理地说道，"剩下的全都是红球，一定是这样。你准是暗中做了什么不正当交易，才抢走了总统套房。把那个红球让给我。"

她无视工作人员的劝阻，场面一时变得十分滑稽，妻子再次打开摇奖机的盖子，丢入了一只红球，默默将位子让给那个发出悲鸣的女人。对方似乎在赌气，机器发出哗啦哗啦的声响，激烈地旋转。我不清楚分配房间的规则究竟是什么，只看到从下面的出口滚落出白球，然后男人也加入其中，滚落的白球数目逐渐增多。接着，换上妻子去摇球，一次就出现了红球，然后她又将它放回原处再次摇动，出现的仍是红球。这期间的事情也许被我的记忆所篡改，稍有夸张，但我想妻子几次都摇出了红球，这无疑是事实。

"——那二位抽中的房间呢，"这是带我们去房间的员工在路上偷偷透露的话，我记得很清楚，"阁楼的天花板倾斜得厉害，正下方是一张双人床。""有没有比双人床更大的床铺？"妻子问道。"本馆每个房间的床铺大小都是一样的，只是通常被称作总统套房的特别房里，房间数要更多些，而且浴室是本馆引以为豪的特别式样。"

条件的主要差别不是景致吗？我思忖道，这与前一晚车站旅馆的介绍方式大不相同，但无论如何，那天晚上我们得到了一个特别优待的宿处，而且是凭抽签跨过了一个重大的运气分歧点，而我从未想过这会给人带来如此畅快的心情。以前带着毛毯来宫殿时，原本打算在草地上通宵，意外抽中了奖券，被允许短时间内进入屋内参观，但我记得那时，高兴得忘乎所以的人只有同行的女孩。

"可是，有人告诉过我，幸运的次数是被事先决定好的。"

妻子说话时，在我的整个视野中闪烁的夜宫——虽说是从事务局的檐廊向远方延伸的这半扇风景——已经灯光璀璨，向着夜空的所有方位射出耀眼的光亮。这座庞大的洋葱形圆屋顶建筑，那复杂的外观和殿内的一部分，它的存在本身出现在我们的正前方——仿佛一个梦境，仿佛梦中遇见之事。宫殿内部的一部分完全是夏日离宫模样，多为不设墙壁的穿堂式构造，从外部透过成群的列柱也能一眼望尽深处，而以那著名的枝形吊灯群为主的内部照明设施繁多且明亮，一直望到最深远的地方，也能对秋毫之末聚焦成像，这正是眼睛的欲望根源。是我的记忆与谵妄的宫殿。——它将四方幽暗草地上熙攘人群的视线集于一身，于长夜一瞬无眠。

尽管户外气温骤降，夜风仍只是轻轻吹过，被刈过的草坪的草香，以及潮夜的气息最为浓厚。建筑物的地基、地面与周围的草坪几乎在同一水平面上，草坪的观光客中，最前排铺展毛毯的人们沐浴在耀眼的光亮中，如果伸出手，可以触碰到宫殿冰冷的地板。我们傍晚来到这里时，还未上灯，建筑物的一部分虽在视野之内，却不曾主张过自己的存在感。

如今宫殿灯光辉煌，我们慢慢凑近观赏，能看到殿内有跃动的小小身影，舞蹈表演似乎已经开始了。檐廊的天顶也垂下了演出宣告的幕布，我的妻子像条游鱼般通过幕布下方，她抬头望了望，出声读出文字。

"山人鱼与乌有王。这是舞蹈团的代表作，从前便是这样。"妻子略显冷淡地说道。

———◆———

　　那漫长一夜，某个时刻，一个场景。我和妻子来到夜晚的草地，躺在铺展的毛毯上，我们感受草地尖刺的凹凸感，同时注视着宫殿内部舞蹈表演的舞台。幽暗而广阔的草地被密不透风的人群填满，人们或躺卧，或夹起便当吃，前后左右尽是男女二人组，我们不知怎么来到了这个中央位置。我单肘支撑着身体，而妻子完全放松地倚着我，将一直带在身边的皮包作枕头，出神凝视着舞台。

　　廊柱排列的空间中，明亮宽敞，有一个人物愉快起舞，那光景仿佛是长了脚的山中人鱼在王宫舞会上跳舞。手臂动作优雅娇媚，利落地串起精准的舞步，舞姿的缓急变化令人眼花缭乱，立体的褶边层层叠叠，襞积裹绉的长裙随着旋转膨胀为一束，从坚固的束身胸衣剥露出的肉感肌肤是那样愉悦眼目。在不自然的挤压下，深陷入乳房的紧致服装无论怎样激烈运动，也不会错位。没有肩带的赤裸背部和手臂的细嫩肌肤之下，充满了肌肉的力量。我也注意到了她的绷带高跟舞鞋。与只可能是独一件的舞台定制服装不同，舞鞋似乎是刊登在万能图录上的有编号的商品。

后来我睡着了，醒来时，毛毯上已不见妻子的身影，可能是去洗手间了。我环顾四周，似乎有人正朝着我的方向移动。对方小心翼翼地避开铺得几乎看不到草坪的毛毯和横卧其上的观光客，时而要跨过谁的脚，时而差点被绊倒，似乎煞费苦心。而我再次远眺，整片幽暗的草地似乎都向着洼地最底端的宫殿微微倾斜，赫赫扬扬的宫殿内依旧上演着故事不明的神秘剧目。似乎是刀剑剧的戏码，凝神细看，男舞者和女扮男装的舞者似乎正挥舞着真正的匕首交锋往来。

"传令到。"凑近的男人大声喊道，递过一个用餐巾布包裹的东西，我反射性地想起用餐巾包裹的硬皮面包。"传令，这是著名的传令。会对您有益处的。"——拆开布料后，我发现里面是一只女鞋，而且是绷带舞鞋。接着，微胖的男人气喘吁吁地说："我想要同一种款式的新品。我听说只要交给您，您就会懂。"

"可你怎么知道是我？"

"您的胸前不是挂着认证和钥匙吗？特别房间的浴池如何？"微胖的男人似乎歪着嘴笑了起来。

或许因为我一直处在黑暗中，那时像是醉了似的头晕目胀。我瞌睡个不停，犹在梦中的一夜，我记得实地检查过他所说的浴池，又想起，我和妻子两个人站在空无一人的立餐会场的记忆。在我眼底复活的影像中，华丽的大理石浴缸一闪而过，取而代之的是枝形吊灯微微摇晃的夜宫深处的景象，清晰地浮现在脑海。

"——"

"——我知道这个地方。我从前来过。"

我通过仍在举行舞蹈公演的外侧区域，往里来到似乎是立餐会场的地方，那里穹顶高耸，数盏巨大的枝形吊灯发出苍白的冷光，其中一盏不知为何，如摆锤般轻轻摇晃，为整体光景赋予了微妙意味。地板上，光影斑驳，是鲜艳的黑白棋盘格，中央摆放着一张极长的桌子，白色桌布上摆得满满当当，是还没动过的食盘。一瞥之间，我看到陈列整齐的各种火腿、盛装冷肉碎的托盘，用红黄绿色辣椒点缀的大型肉卷、冷制意大利面沙拉和加了鱼贝的冷饭、蔬菜冻，不一而足，多是符合夏日离宫风情的菜肴。在林立的坛子和结霜的水罐之间，我还看到一整条鱼上覆满煮鸡蛋制成的果冻，盛在巨大的盘子里。妻子似乎对用糖固定成金字塔形的硬泡芙点心饶有兴趣。

"谁都没来呢。我可以先偷吃吗？——诶，好大的回声。"

"从外面看不到这里。"我环顾四周，每说一句话都会传来嗡嗡回声，巨大的白色枝形吊灯中的一盏仍旧在头顶上缓慢地、轻轻地摇动。四遭没有墙壁的地方只有一排排列柱，越过它们，望得见一个个风穿过的明亮房间一直绵延至远方，但看不到外面夜幕下的草坪和观众。不知为何，我们早早就和向导走散了，我们提着旅行包向住宿楼方向走，才来到这里，我们各自领到了挂在胸前的认证、钥匙以及指南图——与昨晚的旅店不同，两把钥匙是同一种——暂且没有什么不妥之处。然而，无论怎么看，这个地方就是小时候母亲牵着我走进的大堂，它就这样存在着，反而引人起疑，不可思议。我悄然忆起，与从前交往过的姑娘一起参观时，我们曾逐一确认那些闻名遐迩的枝形吊灯的名字，遵照指南图游览各个地方，但这里我还不曾来过。

　　结霜的水罐盛满了绿色液体，仿佛是添加香草荚的餐前酒，许多纤细的玻璃杯事先都倒好了酒。我拿起一杯啜饮，出乎意料，蒸馏酒与茴芹的浓烈香气混在一起，猛地灼烧喉咙，滚烫烫落入胃腑。心跳急促。头顶纯白的巨大枝形吊灯摇晃成两三重存在。这不是餐前酒吗？我一边思忖，一边伸手去拿第二杯，风味不单来自茴芹，强烈的药味和浓郁的甘甜叫人莫名上瘾，我才发现已经连喝了几杯。在这个冰冷且虚无的地方，所有声响都伴随着巨大回声，我开始怀疑自己究竟在做些什么，一边在意识的外缘感受着这一切，一边不引人察觉地胡乱吃些橄榄和鲱鱼，记得那时我还看到被碎冰包围的、过季的生牡蛎——我曾经在这里吸吮被餐巾包裹的硬皮面包，但至少那是在母亲的许可下吃的。多年后我想到，或许在那个空间，不被许可的饮食是为禁忌，而我们触犯了这项禁忌，那时妻子也在悄悄舔舐着黏在指尖上的甜液。

远处传来似乎是工作人员的声音，所有住宿客人都被要求暂时回到房中，我们吃到一半便离开了那里。当最后一次回头望去，巨大枝形吊灯中的一盏果然还在神妙地晃动着，给长餐桌和黑白棋盘格地板的风景赋予了某种意味。

心脏急促悸动，生成了双重的影像。我看到一片狼藉的餐桌最深处似乎有个人，面庞笼罩在昏暗的阴影后，但那人不是女性，而是男性。我感到自己似乎看到了那样的光景。在特殊性上，它与夜宫的其他场所没有任何不同。即使是通体由大理石砌成的浴场，在那里，潮湿的毛巾堆成小山——

———

　关于夜宫的记忆小景之一。那是深更半夜的酒吧一角。比如，巨大枝形吊灯上的猴子。"无论如何，吊灯都少不了猴子。"扮成山中伯母的女舞者说道。她稍显年长，谈不上美人，却连指尖也透着几近冷酷的优美。皱纹深锁，头发浓密，抽金嘴香烟。"什么种类的猴子？体型小小的白猴？""啊——没有猴子也无所谓。"面对询问，她不耐烦地皱起眉头，烟灰缸里分明有一颗烟蒂，但她还是拾起桌上的打火机点了一支新烟。"是非在的猴子。只是飞上枝形吊灯并摇晃它们的存在。垂于长长的锁链之下的枝形吊灯，像摆锤那样慢悠悠摇晃。我最喜欢像项链一样的枝形吊灯。""项链?""是啊，不是那种像凹凸不平的烛台一样的吊灯。钻石般的水晶玻璃缀得很长，连成几束，是如同白色火焰的瀑流的、呈船底形状的吊灯。"

扑向纯白吊灯者或许是夜宫的气息本身，它们轻盈地飞身上去，只手带去悠缓的摇晃。尽管没有人目睹它们的真身，但可以从水晶玻璃片的帘幕间看到尾巴垂下的影子。或者，那些无尽的巨大枝形吊灯实为舞台装置，通过虚空中的滑轮运动，静静地朝着一个方向移动。淡淡的影子散落交错，像是覆盖了整座舞台。软体女人们可以将脚抬过头顶，单手单脚，垂吊在闪耀的枝形吊灯下，长长的裙裾像失去了气力的扇子，笔直垂落。

住宿楼内的楼梯下方设置了简易的桌椅充当接待台，几名工作人员静候在那里。我和妻子最先从抽选会场出发，到那时为止我们都没有遇上任何人，其他大多数住客似乎是以团体形式从别的路线过来的，也没有在立餐会场驻足停留，所以早早到了。已经开始上楼。接待台只是确认我们登记入住。令人感到非常意外的是，我们的特别房间在一楼，走上楼梯的人们纷纷回首投来艳羡的目光。

"明天的早餐会场是露台的座位。在那以前，请慢慢游逛——舞蹈演出会寺续到天亮，表演间隙安排有休息时间。您应该已经知道立餐会场在哪儿了吧。"

"哎，在酒吧里举办降灵会？就在今晚。"妻子拿起接待台上的传单。不知怎的，与我们走散的向导气喘吁吁地跑上前，递给妻子一封快件，里面自然是明天旅程变更后的票据。选择妻子来当收件人，似乎是因为有其他东西附在信里，妻子检查过后，不知为何羞红了脸。

在我回头的瞬间，似乎撞上了什么人，是那对姗姗来迟的夫妇。那时候穿着花哨西服套装的女人脱下了外套，只穿了圆领背心，手指按住妻子手里的文件："哎呀，这不是抽中生孩子的特权了吗？在这种时候，你们的运气真好。"她亲昵地用力捶我的肩。——我和妻子所面朝的特别房间入口及其周边环境不知为何像是宴会厅，走进房间后，室内陈设奢华且高级，像模像样得很，但不管怎么看，两个人住也太浪费了。房间太多了。虽有接待室风格的房间，陈设近乎宫殿，但也有许多仿佛候客间的小房间，没有家具，也没有窗户。

"——这里就是浴场。"起初，妻子兴奋地说道。夜里，我们来到了宽敞的浴室，窗外是种满绿灌木丛的中庭。打开壁面灯，室内除了相向的玻璃窗以外，全部都铺设了大理石，奢华至极，我不知道它们是否是产地特殊的石头，纹理线条粗重得近乎烦琐，有着极强存在感。巨大的浴池及其周围自然无须多言，灯饰璀璨的洗手台一侧，以及存在高度差的地面也都是纹理粗重的大理石，这种奢华我头一回见。"但只有浴缸是搪瓷或者其他材质。"妻子抚摸着金灿灿的巨大水龙头。她的脸庞映在镜中，似乎在逐个检查浴巾和香皂等用品。我稍稍推开朝另一端的门，向外窥视，推着一直随身携带的旅行箱率先走了进去。

"我想换身衣服，"

转过身去讲话的妻子嘴角向下撇，于是我留在原地，约略瞥见的那间房屋似乎是宽阔的卧室，从灰暗中只看到床榻的一小部分。门关上后，我只得再次环顾玻璃上满溢着夜色倒影的浴室内部，没有什么特殊的理由，我望向户外的绿灌木丛。沿着游步道，一路亮着星星点点的地脚灯，高高的篱笆环抱着夜里的中庭。但令我讶异的是游步道上出现了陌生的男女观光客，他们望着明亮浴室内的我，似乎在兴高采烈地挥手。照相机也对准了这边，我大吃一惊，用手遮挡着脸逃走了，没有去卧室，而是顺势朝来时的门走去。那时我留意到别室也有一间小盥洗室，虽说这里没有窗子，可以放心使用，但出入私人中庭的门扉一定还开着的，我暗忖，不打个电话抱怨可不行。就在这时，我听到接待室风格的房间角落里传来微弱的电话声。

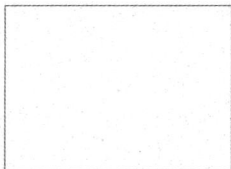

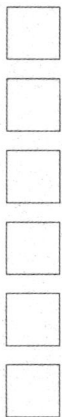

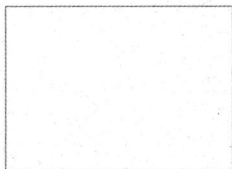

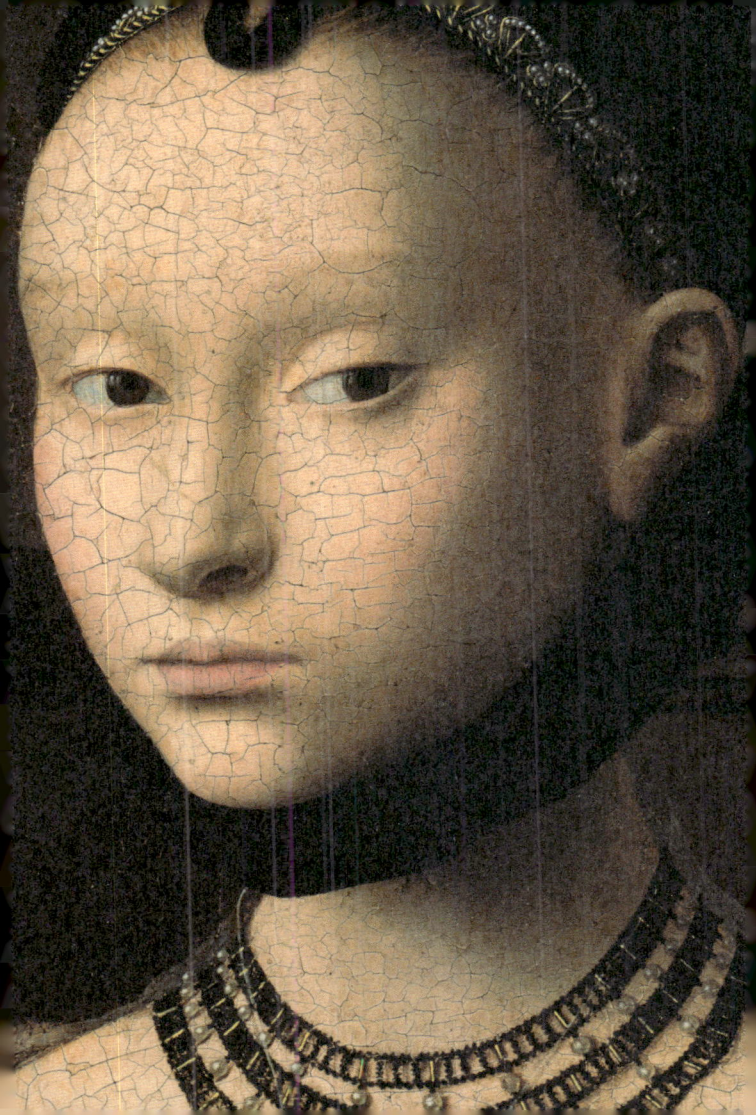

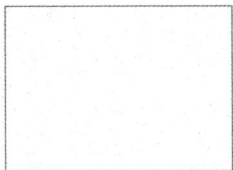

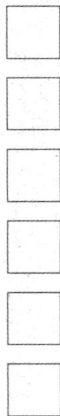

———

"葬礼在后天。所以,你们务必在明天抵达山中宅邸。继承终于要开始了。"

妻子的女代理人声音低沉,语气中却透着微妙的昂扬感。我想起方才刚在抽选会场听闻此事,但仍感觉那是事态有所进展的口吻。——在那时,没有窗子、房门紧闭的接待室堆满了古老家具,幽暗无光,电话机放在邻旁明亮的准备室内,我一面接电话,一面站在门槛上望着接待室另一侧昏暗而高耸的天花板。仔细端详,那似乎是一幅绘有云与青空、人物和花园的彩画,笔致暧昧,室内沉淀的岁月和尘埃的气味清晰可辨，这种古色苍苍的天井画我在夜宫也曾几度目睹。眼的记忆复苏了。

"——时机终于成熟了。多年来悉心照顾那个姑娘是值得的。事已至此，请让我斗争到底，我自己也想这样做。"——女代理人的声音在耳畔执拗地继续，倏忽间，我恐惧得近乎冻结，意识到在幽暗且门扉紧闭、充斥古旧什物的房间正中央只我一人，一直没有换完衣服的妻子如今怎样了？卧室不是已经没有人了吗？我突然强烈地觉察到。伴着吱嘎的声响，接待室的房门开了，像是要吞没出现在那里的妻子周身似的，炽烈的红色光线怒涛般涌进室内。妻子反手关上了门，光线骤然消失，我大吃一惊。"——该怎么说才好呢，孩子的事就拜托给您了。"耳畔含混不清的声音断断续续，"或许会给遗产继承带来重大影响。只有夜里的中庭，您还是不看为妙。""你说话可真是直截了当。"我不耐烦地撂下听筒。

"我们去吃饭吧。或者，我的包里还有些剩下的面包和红酒，也可以吃。"妻子穿上我第一次见的灰色制服风格的连衣裙和对襟毛衣，比起在典礼会场一直穿的七分袖白色连衣裙更合时节。一直挎在手上的皮包和仿毛皮围脖都挂在了手臂上。"旅行包我放在卧室了。面包在那里面。我们回去吗？""窗外的风景如何？特别房间应该望得到美丽的风景吧。""房间的窗帘还拉着，室外好像是石头砌成的阳台。"妻子只有嘴角露出笑意，"要回去看看吗？回到卧室……"

我感到我们应该相拥接吻，但屋子里黏腻的湿气和尘土味过重，亡灵般的妻子令我心生恐惧。我只是将手搭在她的后背上，催促她离开屋子——毕竟腹中还空无一物。我口中残留着喝绿酒时吃的橄榄和鲱鱼的味道，反而放大了饥饿感。"我喜欢狭窄的地方。"身高相差悬殊的妻子在我的腋窝旁说，于是，我彻底忘记了问她刚才那强烈的光线是什么。这种不谙世事和迟钝，在当时的我身上屡见不鲜。

楼下的服务台空无一人，楼梯口附近是那对夫妇，凭墙而立，一副令他们久等了的神情。

"我们方才揶揄舞蹈团去了，所以来迟了。"

"对对，着实好玩儿。"

二人组已经换好了衣裳，仍是假日风情的休闲服装，男人穿着短裤和皮拖鞋，长发女人则是将衬衫下摆打成结的长裤造型。不冷吗，我在心里暗想，在气候转凉的秋日的夜宫内，他们身着半袖也丝毫不以为意。

对于他们抽中的楼上房间的状况，自称 P×× 的男人和他爱赶时髦的妻子都含糊其词，"阁楼的窗子错综复杂"。我们四人走向立餐会场，与来时不同，我们在各处都碰见了散步的其他住客，在某些地方，我们还望见幽暗草地上的观众们的模样——越过数重列柱和几面隔墙——

长方形的巨大构图使视野变得开阔。"去年夏天我们也在那里，铺开毯子，带上酒水，在黑暗里舒舒服服地躺倒。""只是途中睡了很久。太惬意了，在熙来攘往的草地里，我们和一大群人一起通宵。""我不时醒来，看到抽中奖券的人们在恍如梦境的明亮宫殿内走动。有朝一日我也要中奖，或者获得住宿权，我那时这样想。"

P和他的妻子愉快地滔滔不绝，与我们最初碰面时的态度和语气相比，显然有了很大的变化。回想起那一夜发生的一切，这一段或许是事情发展得最为平稳的时间带。"前辈，"P偷偷叫住我，"新娘的教养很好呐。也请教教我该怎么做。"——不觉间，两个女人走在前面，看起来相谈甚欢，不知道她们在谈论什么话题。突然，她们加快了脚步，像是要奔向某个目的地。屋内遥远的前方有一方格外炫目的光亮，空中浮现出的身影犹如飞梭穿行的杂技演员，我再次吃了一惊，一不留神朝着与立餐会场不同区域的舞蹈公演会场的方向走去。我突然意识到音乐声响起，也是在此时。

"有个像中庭一样的地方，就在那附近。"P欣喜地说，一边走在前面，一边向我招手。"非常宽敞，深度相当于地下一层，所以在外面的草坪绝对看不到这里。这个地方可真是有趣。"

如今，曲调幽玄的音乐不仅在房屋内回荡，也支配了野外的空间，在公演区域水平穿梭飞行的多名舞者都吊着明晃晃的威亚。滑轮辅助他们顺滑地移动，从一个房间到另一个房间，也掠过无数枝形吊灯的侧腹和边缘。我凝神细看，群舞的造型如波浪般奔涌，层层荡开——如同月相盈缺。野外的观众们与舞台近乎融为一体，尽管我只能看到一部分观众，但他们似乎分布在四面八方。尽管我不知道其他的团员和后台工作人员身在何处，但无论如何，我们果真可以踏入此地吗？我内心胆怯起来。但远远走在前方的三人似乎已经到达了目的地——而我只是从远处观察——那里似乎有绵延的柱状结构和精巧的石砌扶手，形成一个矩形，围住了相当大的空间。明亮的空间只在那里微妙地变得黯淡，上方的穹顶和屋檐都只有这里缺了一角，仿佛风通四面。三个人越过扶手，似乎在窥伺蓝色空间的底部，他们笑作一团，即便那里的确存在着什么东西，可那又是什么呢？那时的我还一无所知。

P从远处回头望着我说道："你快看中庭。看中庭。""太奇怪了。前辈，很有趣，你看你看。"——音量洪大的舞台音乐声中混入了旁若无人的叫喊，心脏急促悸动，我的眼前晃动成了两重。

———

　　在我的记忆里，眼前乍现的是，前天晚上我在车站旅舍目击的决斗场面，我在天花板低矮的房间中的床榻坐起身向下望去。我一直深信，只有我一个人看到那幅景象，而在视觉的记忆里，隔着列车的始发车站，对面也有旅馆的客房，妻子与我一样在一扇高窗后俯瞰着深夜的决斗骚动。她裹着像是寄宿生用的被子，解开的头发披散在单肩上，一束长发挽得松垮，垂在胸前——一想到她以我从未见过的样子注视着那个耍匕首者的精湛决斗技巧，我突然感到气血上涌。"我一直熟睡到天亮。"她装作一副不知情的模样，想到这里，我开始行动，加快步伐试图夺回妻子。我看到妻子正步向未知的地下区域，走下楼梯——扶手中断的可疑之处有一段下行的楼梯——大笑着眼望着那情景、身着花哨休闲衣裳的 P 夫妇，却因为蓝色空间底部混杂着色彩浓重的舞台照明余光和来自地下的强光照射，影子也变成了浓重的混沌，化作小丑似的奇妙形状。"你看你看，多奇怪。""前辈你能看到吗？就是那个，那个。"

我像俯视深夜决斗之时那般向下望去，明亮且奇妙的石砌中庭空间里，不知为何伫立着车站月台常见的路灯，一旁还站着那位微胖的信使，他单手拿着大型匕首，正在表演滑稽的独角戏。可是，我最初遇见这个男人不是在野外的草坪吗？我内心混乱，无法移开视线，于是，微胖的男人似乎注意到我和妻子，故意摆出露骨而卑猥的姿态，用匕首的刀锋对准我，夸张地指了指自己的脚尖给我看。

伴随着讥讽的嗤笑——慌忙停下脚步的妻子和我在楼梯上推搡在一起，后来才意识到我们竟然猛地撞飞了 P 和他的妻子，然后，我们自然地朝外面、朝野外的草坪移动。白色的心悸如同频繁的电闪雷鸣，记得我们也大刺刺地通过了正在举行公演的舞台区域，接着踏入夜里的草坪和毛毯，分开晦暗的人群前进。一瞬间，我还在斜上方看到灯光璀璨的大摩天轮——我昏沉沉陷入了睡眠，在草坪上再次醒来时，妻子已经不在了，我手中只有一个布包袱，无须打开确认，仅凭触感便知，那是一只系绷带的舞鞋。

——当我独自打开特别房间宴会厅风格的正门的锁，我听到，远处传来了电话铃声。又是妻子的代理人吗，我暗忖，我知道电话在接待室里，就在那幅天井画所在的候客间，但一个人走到那里让当时的我心情沉重。电话在远方持续作响，如果妻子在这里，她一定会接听的。我静候了片刻，没有丝毫变化，电话陷入了沉默，复又开始鸣响。

我悄悄探头观察，深处的空气异常滞重，一片漆黑，出于恐惧，我无论如何也无法独自走进那个候客间。而且，既然知道妻子不在这里，我也没有理由进去。听着那顽固的电话持续响个不停，我关上门又上了锁——在深夜酒吧的吧台一隅听到电话铃声时，我想起了这件事，那说不定是妻子打给我的电话，我突然想到。

———◆———

"乌有王，是只有衣装的存在，没有实际扮演该角色的舞者。只是，除此之外，也有其他凭借机械装置而能稍稍活动的个体。"——在舞台服装上缠着细毛皮围脖的年轻女团员仿佛在对我诉说，又像是对旁人诉说，她讲述了不可思议的事，"《月的位相与乌有王》那一段，是用威亚吊着空洞洞的衣装。就是这样。"

我回忆起在被吊起的舞者当中，的确见到过巨大的连帽斗篷掠过白色的枝型吊灯，飞速移动。——在夜宫内被称作酒吧的地方，嵌金边的格子穹顶上装饰着一幅绘有青空和云的彩画，看起来似乎是陈列好古朴的吧台和酒柜后新设之物，并且酒吧地势比周围更低，从野外似乎无法一眼望尽。调酒师不在，年轻的女客人们在吧台里忙着处理冰块，她们都是穿着暴露、围着毛领的舞蹈团团员。

"新鞋子需去山中的舞团本部领取。可一定要赶上葬礼啊。"发量浓密、上了年纪的女团员讲道，但从那冷漠的口吻听来，她显然不是委托人本人。宾朋满座的餐桌间，混入了不少怎么看都是从立餐会场转移过来的盘中菜肴，"那孩子啊，我记得老师曾说过应该把她留在狭小的地方。所以才送她去了寄宿学校。"鲜红的糖水渍果沉入红色的液体，上了年纪的女团员把玩着烈酒杯里的点心，继续讲道。订购舞鞋的是那位被束身胸衣紧紧挤压乳房的舞者，演出结束后，她似乎已提前离开了。一切都叫我糊里糊涂。她似乎和头发浓密、上了年纪的女团员在"舞蹈类型上有所不同"。"那孩子很能煽惑人心。我想你大抵都明白。"

起身时，对方突然将脸凑近我，脸颊上的褶皱深深嵌入肉里，妆容有些斑驳和浮油，浓密卷曲的长发透着热气，拂过我的脸颊，说话时能闻到一丝口臭。

———

　　酒吧吧台的电话响个不停，拿起听筒后，我听到妻子的声音。

　　"哎呀。您可是在找我？"

　　"是啊，找了很久。到处都能听到关于你的传闻。"

　　"嘀嘀，您原来是进行了一些社交。已经吃过饭了？"

　　"到立餐会场时太迟了，已经关门了。剩下的菜都被送到了酒吧，都是些残羹冷炙。"

　　"说起来，明天的计划，"妻子语气一变，"我们会在中途换乘，所以有许多空闲时间。又刚好是午餐的时间，我们可以先吃午饭，然后去那条街市购物，我需要买丧服。"

"我没有特地换衣服的打算。只买你一个人的就好。"

眼前的舞蹈团的女人们似乎已经结束了休憩，纷纷起身离开，眨眼间变得冷清的酒吧深处，只剩下一个似乎正在举办降灵会的小团体。我仔细观察，全员围绕桌子而坐，手牵着手，P和他的妻子也混在其中，夹在他俩中间的人怎么看都像是我的妻子。她围着仿毛皮围脖，与相邻的两人在桌子上牵着手——抵在耳畔的听筒深处，妻子的声音仍然在讲话："那间大理石浴场，如果一次性用了太多热水，就只有冷水了。该怎么办才好呢？""你现在在哪里？"我打断了她，提出疑问，"你现在在哪里？和什么人在一起？你是不是不能讲？""诶？我在房间里。正在观察浴场的情况。"妻子的声音说道，"我以为你在酒吧，所以才打了电话。"——那她便是在接待室那明亮的等候

间打的电话，她正望着黯淡的天井画吗？正当我想象那个
场景时，正在打电话的妻子被什么人从背后搂住的样子浮
现在我的脑海。"——我接下来去您那里？""请在那里等
着。五分钟就到。"我挂断电话。

那么，我将这里的妻子带回房间会发生什么呢？我
犹豫不决也是自然的，可是无论如何，自打早上从车站旅
舍出发，日期已经发生变化。我想说的是，第三次探访并
留宿夜宫，这已经是弥足珍贵的一天，难道还不够吗？作
为余兴节目的降灵会又有什么意义？——放在电话旁的布
包袱顺势掉落到地板上，就在我正要捡起时，突然觉察到
头顶上的异变，如同探照灯般，耀眼的光芒一瞬间舔舐
过穹顶附近。"喔——"响起了一片赞叹声，我看到我的
妻子正从团体围成的圆圈中上浮，在妻子左右拉着手的 P
和他的妻子，脸上都露出痴呆般的惊讶神情，这更令我印
象深刻。他们虽然感到惊讶，却无法松开紧握的手，身体

向后仰，望着已经从椅子上漂浮得相当高的我的妻子。

"哎呀亲爱的，可真有趣。"

那是妻子对我说的第一句话，尽管我装作对当时的状况浑然不觉，但对我而言仍有一件亟须确认的事。"你不是从房间给我打来的电话吗？你说起明天的丧服。""嗯，你说五分钟就会回来。但是已经过去很久了，你还没有回来。"为了低声交谈，我不得不靠近一些，妻子先是站在椅面上，然后扶着我的手落到了地上。"我们正在呼召伯母。我到底怎么了——""快回到座位上。中断会非常危险。"一个主办人模样的人物责备道，我只得不情愿地落座，座位被挤到一旁的 P 温和地握住了我的手。"前辈，新娘的教养太好了。"他小声搭话，但这对我来说毫不愉快。

野外似乎在举行什么活动，整体上黯淡无光的酒吧空间高耸的穹顶上，不时有探照灯似的强烈光芒流淌进来。

蓝天白云的老旧彩画在那时被照亮，夜宫内的天井画频繁出现这种意象，不可思议又恰到好处，令人摸不着头脑。"那么，让我们再来一次。献给被称为'山人鱼'的可敬妇人。""让我们在场所有人，都虔诚地呼唤她吧。"——用低沉嗓音说话的是两位年纪稍长的男主办人，能明显感到他们正勉力抑制兴奋，保持着平静，他们的容貌相似，仿佛孪生兄弟。他们在摆着古怪通灵板等物的桌子对面，其他参加者都是我在抽选会场或接待处见过的面孔，P的妻子坐在我妻子的对面，罕见地垂头丧气，非常老实——后来我才知道，这是因为她对我心怀愧疚。

　　"代表我们这些人，我们想要召唤的人是……"一个上了年纪的灵媒师刚开口，便慌张地换了一种语气，"名字。我们需要知道名字。""名字是必要的，年轻的新娘。""——托马西。"一旁的妻子答道。即便不去看，也能感到她的嘴角两端正向下撇。

"托马西。真是好巧呢，我妻子的名字也是托马西。"

"我妻子的侄女也是。这是一个很常见的名字，善良的托马西们。"

我们各自陷入了沉思，说着微妙而不合时宜的话。与此同时，我的右手被激烈拉扯，P的妻子那一侧也是如此，无意识间我的腰被顺势带动。我们左右两旁牵在一起的手勉强抑制住妻子向更高处的漂浮，她保持端坐的姿势，再度从容地向上悬浮了一米。——然而，令我匪夷所思的是，没有人注意到我们头顶上的景象。由长长的锁链吊在穹顶的小型白色枝形吊灯底部，垂下了女人的脚，而且是穿着舞鞋的一只脚，也有其他的侧影，闪过一只套在旅行用西装里、戴着手套的胳膊。然而在闪耀的逆光中，即便直接投去视线，也不一定能看到，它们似乎只存在于稍微偏离焦点的视野之内。

周围惊叹频频，当我从正下方仰望时，妻子奇妙的脸庞果然仍紧闭双眼，嘴角两端向下撇。她眉头紧锁，可以看到一个鼻孔呼出了少许白茸茸的东西，与此同时，从焦点模糊的白色枝形吊灯表面垂下的女人的腿，拎着旅行包、西装袖子的单只胳膊，无论怎么看都是真实存在的。

———从内侧关上了特别房间的门，在黑暗中我将妻子抱在怀里，亲吻她，却无法找到她的嘴唇，接吻无奈中变得命中率低下。我摸索着墙壁寻找开关，只打开了一盏常夜灯，我们朝房间深处前进。外面的耀眼光芒已经渗入接待室附近，再无令人感到恐惧的余地。

"已经不出热水了。对不起。"

妻子这样说道，通体大理石的豪华浴场的确是一副悲惨景况。湿气氤氲的浴室内，地板上堆着用过的湿毛巾小山，沐浴香料和各种复合气味闷在一处，对着中庭的整面玻璃上挂满水滴，变得模糊不清，还留下手指和手掌的许多印迹。我敞开一点窗户换气，窗上显然留有从庭院径直进出房间的痕迹。P夫妇决定再去一次野外，于是，我们在酒吧外道别，那时我也与其他的住宿客人欠身寒暄。"浴场很不错。"听人这样说，我不知该如何回答。

珐琅浴缸上残留的污垢和头发有些棘手，但真正令人困扰的是炸裂似的电子音和将整间浴室染上绚烂色彩的电光，而且那电光还一边绘制着不明所以的巨大图案，一边又以叫人眼花缭乱的速度不断变化。P他们说这是灯光秀或是全息投影，除了舞蹈演出区域外，其他区域似乎也有各种活动，我回忆起从前的活动是十分保守的花火和盛装游行。——接着，按照次序，我们必须去卧室了，没有其他事情可做，我和妻子一起推开房门，卧室面对着宽敞的石砌阳台，中央摆放着饰有华盖的床铺，宛然流光溢彩的梦舞台。激烈穿梭的电光仿佛是对山人鱼舞团的公演录像进行的电子化处理，比床的尺寸更大的美丽脸庞令我们目眩。阳台外是夜幕下的一片草地，形成平缓的斜坡，目力所及，依然是无穷无尽铺开的毛毯、无眠的观众猬集的脸庞，以及无数双张大的眼睛。

———

　　望着夜宫化为灯饰的集合体，在深夜的草坪上入眠，我做了很多场梦。在一间铺设黑白棋盘格的大厅，枝形吊灯缓缓摇动，长桌上杯盘狼藉，突出的一端坐着什么人。这次我没有走进大厅深处，那里有巨大的大理石女神像。嘈杂的草坪上站着一个高举荧光棒引路、负责传令的微胖男人，似乎要将我的妻子带去什么地方。——现在妻子正依偎在我背后，安心地睡着了，但在梦中，她扮演了飞刀表演的靶子。梦境彼此混糅，与周围相仿的男男女女的梦羼杂，与所有观众、所有观光客融作巨大的梦。

———

　　旅行的第三天，我们在上午的列车中与 P 夫妇同行。虽说只到途中的换乘站为止，前夜一宿没睡、穿着皱巴巴的网球衫的 P 一陷进座位就开始昏睡，我的妻子和 P 的妻子两个人一直在热烈地谈论着什么，我想起前一天也看到她们愉快交谈。随之，我也感到困意凶猛，郁郁寡欢，望着车窗外的景色，不断浮现的记忆与半睡的梦融合——比如聚集在户外早餐会场的住宿客人，不论谁都很缺觉似的，茫然若失，话也少。事务所楼栋附近的阳台席位提供的早餐菜单是各种火腿，与昨晚在立餐会场看到的有部分重复。接着，在我回到房间后，浴室的热水已经恢复，我匆忙淋浴，妻子则泡在大理石浴池的热水里——我在库存柜里发现了尚未使用的毛巾，也是第一次看到妻子散开头发冲水的身影。结束清晨演出的舞团似乎早早乘坐大巴出发了，灵媒师二人组在车站等候我们，而妻子坚决拒绝他们频繁递来的记有联络方式的名片。

　　P的妻子穿着我前日看到的女式西装，梳理整齐的头发上别了发夹，我的妻子穿着连衣裙搭配围脖，那天还披了一件格纹夹克，与她盘在头上的编发很相衬，不禁让我想起了一身旅装的母亲。

　　"——我看过这样一幅画。是在寄宿舍的图书室里看到的。"我听到妻子说。"啊——是罗塞蒂对吧。"P的妻子若无其事的回应也传入耳畔。"他们如何遇见他们自己，就是这幅画的标题。夜晚的森林里，两个恋人遇上了与他们长得一模一样的另一对男女。他们惊愕不已，一位姑娘向对方伸出双手，几近气绝。这是极为明显的分身主题，但罗塞蒂本来就是喜好二重反复构图的画家。"

"你知道得好详细。"妻子深受感动，这似乎是从两人谈论的夜宫的著名传说衍生出来的话题。

"别看我这样，也是念过硕士的，虽说只念到一半。"P的妻子得意地说。"我的新娘非常有教养。"突然醒来的P插了一句，便又睡着了，妻子们继续和睦地说着悄悄话，我看到她们在膝上握住了彼此的手。

临近换乘车站，到了分别的时候，"前辈。"P神经兮兮而热情地握住我的手，很难说这叫人心情愉快。"再见了妹妹。我们还会再见面的。"P的妻子说道，我的妻子抱住她的头，久久不放开。——列车远去，妻子仍在静静哭泣，我感到了一丝嫉妒。石砌的街市有许多坡道，像是乡下的观光景点，但小巧的车站没有拱廊，我们寄存好行李，就出发去吃饭和购物。每每看到车站的问询处时，我都会对电话或者电报传唤提起警惕。幸运的是，妻子的代理人在这一天保持了沉默。

瞄准好几家装潢漂亮的餐厅后，我们先是走进女装店，我也在那时发现了妻子在付款这件事上有些奇怪的拘泥。前一天在中央车站，她用自己的钱包付了钱，这回她仍然固执地拒绝了由身为丈夫的我来支付丧服的费用。"我们回去以后再好好谈吧。"我不再争执，只是又想到，妻子将回到我现在租住的房子，一个能看到港口的地方，也想起老家的管理人，再次意识到明天的葬礼以及旅行结束后生活仍会继续。

还有另一件事。在妻子试穿衣服时，我百无聊赖地四处闲逛，打量着乡村气息浓厚的陈列柜，沿着狭窄的通道向里走去。我走到挂满鲜艳舞台服装的区域，鞋柜里也摆放着那双我要找的舞鞋。我找到了型号尺码都适合的鞋盒，这如同寻宝一般的发现，或许只在那间沉睡着众多废弃品和剩余库存的店铺才能做到。

街市上秋意浓重，与夜宫宛若处于不同的季节。夜宫就连野外的草坪也是无风的，嘈杂的人群让人在夜里不觉寒意——我也看到许多和 P 他们一样穿着半袖却一脸泰然的旅人——石砌街市上有斜坡，有风，看得到阔叶树繁茂的红叶，透过餐厅二楼的窗户，也能观赏到颇具风情的景致。

我们在餐厅窗夕看到了奇妙的事物，刚好是整条干煸河鱼搭配菠菜和煎土豆的主菜端上来的时候，黄油、蒜和香草的调味虽然常见，鱼却是应季的鲜材。碰巧我们一直吃的都是自助餐，像这样在餐桌上不慌不忙地对坐，我想这还是第一次，多少有些紧张。我想聊聊在车站旅舍的早餐，欲言又止，因为想起了那场不合时宜的骚动。"——那一夜可真够呛。"我话锋一转，风向似乎变了，有什么物体在击打着窗户。

　　窗外，一簇簇枝条上缀满褪色的红叶，许多板岩修葺的屋顶与一幢幢石壁环抱的房屋错综交织，也看得见餐厅铺了石板路的庭院——"啪嗒"，又有什么比风更重的物体撞击窗玻璃，一瞬，半透明的影子从空中划过。

　　"水沟里有很多东西，不知是什么。""诶？""可能应该叫侧沟。就在坂道的尽头，水汇聚，又流走。就在那个地方。"

　　妻子蹙眉，神情凝重，将掰成小块的黑面包和用刀叉切割的鱼放在一旁，停下了手："它们几乎是透明的，所以很难看清楚。它们不是在水中群生，就是乘着风被吹散，两者必居其一。"

　　"你说了一件很恐怖的事。"

　　"这不是常有的事吗？我一直生活在寄宿学校的狭小房间里，但总觉得我知道它们是什么。"

　　难道是小小的怪物被投掷到这个世界了吗？我突然

这样想。与此同时，窗边隔了几个座位的席间起了喧嚣，也能看到托着餐盘起身的客人们的身影。他们开始纷纷换到其他餐桌，还听到有人说"好臭"。就在我观察的时候，附近突然传来一阵冲击，我们座位旁边的窗子骤然转暗，黄土色的污泥和黏液在玻璃表面上开了花，像是有什么东西在冲撞后溃散了。

"可以看见山。"妻子偏偏在那个时刻这样说道。我记得她正极目远望，露出微妙的神情。但那种类似硫黄味的恶臭过于强烈，我托着盘子从座位上起身，也看向了室外，的确可以看到远处漆黑的山峰——被高原地带午后逐渐倾斜的稀薄日照过滤后，它孤立于街景上的山脊线的彼方。到目前为止，它还没有被注意到，这实在叫人难以置信，旅行的最终目的地——山中的宅邸无疑就在那个方向，但只有那座黑山怎么看都很不自然。很难讲清是哪里出了问题，就连形状也不知为何显得笨拙，这便是它给人留下的印象。

下午的铁路旅行期间，透过车窗，我们一直能看到山峰的轮廓。随着逐渐接近，那座山依旧漆黑一片，形状也仍是不那么自然。

我们移开视线，断断续续地聊天，或是沉浸在各自的思绪里，或是熟睡做梦。那些在侧沟和风中的生物究竟是什么？回车站的路上，我们来到狂风呼啸的旷阔大道，感到有很多东西在斜坡上弹跳并滚落下来，我们就没有立即过马路——感觉若是一不留神就会踩碎它们，鞋子上沾满黄色的污泥和黏液。

从餐厅二楼的窗户向下望去，铺了石板路的庭院里，店里的人正拿着拖把和水桶在扫除。一个端着盆子从那里通过的侍者与那位微伴的传令人长得一模一样，注意到这一点后，妻子的视线一直跟随着那个侍者。

手提纸袋和纸箱包了两层的，是妻子的丧服。

黄昏景色彻底沉入黑暗，列车也停滞不前，车究竟在什么时候停了下来，妻子和我都浑然不觉。不久后，列车员从黑暗中走出来，"有旅牛通过。"他通知我们。

———

　　我们在深夜抵达的停靠站台并非火车站，看起来更像是某座阴森的巨大建筑物的一部分。无人的列车只是把我和妻子送到这个地方，便消失在黑暗里，抬头望去，建筑物几乎没有灯光，背后矗立着更高的山峰的陡峭坡崖。无论怎样看，这座建筑物的漆黑外观都仿佛是锯齿状的机械，重重叠叠的各楼层间密布着细小的通风口，伸出针状的手臂，喷涌出探照灯状的细微光亮和烟雾。漆黑的机械之山仿佛是那里所有混乱细节的集合，作为一座山而存在——不知月亮在夜的何处，朦胧照耀着山顶。

我们面前的月台被用作巨大建筑物的入口，乍看它似乎由冰冷的石头垒砌而成，从恢宏的正面到陡斜的屋顶之间有大量被剜空的洞，雕像安置于其中。等身大或是更庞大的立像群给人以无言的威压，足以使我和妻子认识到自己的存在何其渺小。它们在月光的照耀下拉长了浓重的黑影，我却不知道最重要的入口在哪里。这时，以为是壁面的一扇小门打开了，黄色的灯光漏到了外部。

"我怨恨你们。托了你们的福，事情才成了这副样子。"一个老人手持蜡烛说道。他是我老家的那位管理人，穿着有兜帽的斗篷，我们没能立刻认出他来。"你们来得太晚了。我来领路。"——我们拎着各自的旅行包和许多手提纸袋，只得遵从他的指示，这个地方与我记忆中的山中宅邸很不一样，但眼下也只能接受现实。狭窄入口斜上方的剜空部分也有成列的雕像，望向离我最近的一尊，那是颇有战神风姿的威风堂堂的女性立像，头盔压低到眉眼间，遮住了半张脸。

"我有个孙子。"手执蜡烛的老人絮絮叨叨地嘟哝着，走过的地方一片漆黑，通过回声的情况判断，我们似乎行走在一个广漠得令人恐怖的空间的底部。地面有时是石地，有时是地板，高低不平的地方也多。两个旅行包由我提着，我让妻子只拿着所有的手提袋，我望向她的脸庞，发现她的嘴角就快向下撇了。——"那是个无药可救的浑蛋，害我吃尽了苦头。他经常动刀伤人。""你让你那孙子住进这间房子了吗？"我问道。"怎么可能。"老人的身体剧烈晃动，险些没有拿稳蜡烛，于是火光混乱摇曳，从楼梯的廊柱一直飘忽到遥远的拱形穹顶之下。"——是那女人说的吧？她完全不值得信任。总之，你们今天只能在这里休息了。"

我们很快就来到即将度过那一晚的地方，那里仿佛是仅存在于圣堂或修道院内部的耳堂——毫无趣致的黑暗空间。依稀矗立在远处的垂直墙壁带来压迫感，头顶漆黑而高不可测，只能感到沉重潮湿的空气在迁缓流动。领路的老人用烛火指示方向，那里冷冷放了一张铺好的床榻，比前夜的特别房间那张华盖床更为巨大，像是漂浮在黑暗远海上的孤岛。

"浴池已经熄了火。如果非得洗浴的话，更深的地下也有，但那很远。"老人的话伴着回声传来，那天清晨我们已经洗过澡了，倒也无妨，妻子一脸困窘地询问洗手间在哪里。"在那儿。"老人指了指床下，然后用火点燃大蜡烛，略微弯下腰，将其立在枕畔的小柱子上，表现出他想尽快离开的样子。"迎接了客人，我今天已经筋疲力尽了——我这样一个老人家，还要来到这种地方，遇上这种——""令孙是在夜宫当传令人吗？"最后我试探着问道，但老人的身影已被黑暗的彼方吞没。

我在床下发现了带盖的容器，所幸左右两侧各有一只。深邃的黑暗里只有一支蜡烛的火光荡悠，妻子似乎想躲开我的目光，她背对着我脱去衣物，怕冷一样匆匆钻进被子。淤滞在周围的沉重的尘埃味道、唤起恐怖的气味让我想起那个特别房间，我们在很长一段时间里热烈交缠，我却完全不觉有成事之感。在我的记忆中，恐怖紧贴于脊背，在摆放于通道的床上睡觉的不知名恐惧，让我始终意识模糊。"我喜欢狭窄的地方。"——后来在我昏昏欲睡时，似乎听到妻子在我耳边这样说，却似乎只是在淡然陈述事实。

━━◆━━

接着我做了梦，在车站旅舍极其狭小的浴室里，我再次感到困窘。我一面想着这个地方确实狭小，而屋外似乎又在进行一场决斗。女客专用楼层的高窗里，寄宿生的少女们簇拥在一起向下望，我无法辨认出哪个才是披散头发的妻子。杀人惯犯的少年娴熟地操着匕首，在彼时，他还有一张纤弱稚气的脸庞，如今已是个稍显年长的微胖男性，他抬头望着我，用荧光棒夸张地指了指自己的脚下。他带着一抹彻底把我当蠢人的轻薄笑容，在形如竞技场的、漆黑的机械中庭——

———

————在旅行的最后一个清晨，醒来时我发现在床榻遥远的一端，身着旅装的年轻母亲正静悄悄坐在那里。我自然是一眼就能辨认出她，无论是母亲的羊毛西装上的格子花纹和色调，还是她爱戴的皮手套与那顶饰有羽毛的费多拉帽，都确乎存在于眼睛的记忆之中，我们的旅行至此已经接近尾声。在旅行的结尾，我的妻子和乌有王在一起，以及纵火和那场大火——然而，在这里还是先回到母亲。

巨大床榻的周围弥漫着暧昧的薄明与晦暗，称作清晨都显得可疑。"你老了。"是母亲对我说的第一句话。

的确当母亲还在世时，她也许对我并没什么兴趣，可是我知道，母亲的不在对我而言是巨大的黑暗，相比之下，早早便另有家室、喋喋不休的父亲反而无关紧要。

"不管怎么说，我也不能不来参加山人鱼的葬礼。"年轻的母亲带着几分辩白的意味说道。"我把妻子介绍给你。我结婚了。"我说。宽阔的床榻上却不见妻子的身影，四周地上散乱着女装店的纸箱和包装用的薄纸。我也匆忙整理行装，周围的状况终于映入我的视野，被上方远远斜射进来的光线照亮了这个地方，果然是被向深处绵延的垂直石壁夹逼的空间。我们就在这样的地方度过了一夜，我无限感慨，把坐在床沿的母亲扶起身，母亲已是亡者，在行动上似乎有诸多不便。但那无疑是母亲的气味——如残香般一瞬袭来——闻到浓烈的气味，让我不知所措。那是直击记忆中枢的母亲的气味，或者又不过是一时的迷惘，将一切都看作是发生在虚假的梦世界里的事件，也无可厚非。

　　一迈出脚步，似乎想起了该怎样走路的母亲很快就豁达起来，话也多了："有什么人前来迎接，你的新娘就跟着离开了。是谁呢？想必是个了不得的家伙。那个人可能看不见我，没有和我打招呼。""等到葬礼举行时，会很忙碌吧。"我随意附和，抬眼望去，我们来到了极深极远的某个场所，让人感觉巨大建筑物的中枢就应是这样的地方。环视一周后，我依凭着扶手从高处向下张望，这里是理想的位置，可以看到各层人头攒动的景象。我早早就听到嘈杂的人声，这个地方充斥着清晰的回声，攘往熙来。就像奔赴集会的人们那样，我开始寻找熟悉的脸庞，视线彷徨不定，山人鱼舞团那些华丽的面孔很快映入眼帘，我隐约窥见头发浓密的年长女团员和那些似曾相识的美人似乎一边走动，一边大快朵颐。"葬礼就是这样。"一旁的母亲说道，"只要下葬了，就只剩下吃喝谈天了。我不打算久留。""总之，我得把妻子介绍给你。"我焦急地说道。
披着带帽兜的斗篷的那位老人身影虽小，却也显眼，可我
仍旧没有看到妻子的身影。

　　"时至今日仍拘泥于葬礼。这一点也很像那个人呢。""你
没有举行葬礼。被留下来的人心里都不痛快。"——我不
由得这样说。"我乘这破冰前进的船只，也目睹过建在断
崖上却仍能抵御强风的城市。"母亲继续说了下去，"那
里是大地的尽头，自动向上下两个方向生成的惊异城市。
我也曾在另一座繁华都市，获准在与世界同长同宽的地下
图书馆逗留过几日。虽然没有遇见目盲的图书馆馆长。至
于什么舞蹈，不过是骨与肉的痉挛罢了。"

　　"人的身体本身就是一个世界、一个宇宙。那个人曾
讲过这样的话。"

　　头发浓密的年长女团员插了一句，而我们走下几段
连接着楼层与楼层的台阶，来到了立餐会场。葬礼上，熟

悉的列席者们带着亲手制作的料理前来，这里仍能看到许多夜宫里使用的盛放菜肴的大盘，水罐里装有香草沉淀的绿色液体，依旧覆盖着白色冰霜。我的口中再次泛起含有药味的甘甜，无意中，我注意到身旁的一只印有女装店标志的纸袋，里面的纸箱上记有舞鞋款式的标记。

"难道不是你们二人的争执使这个世界出现了裂隙吗？"

"我和那个人？我们单纯是秉性不合罢了。"

"斗争叫人无比心痛，从未平息，"头发浓密的女团员把红色的烈酒杯推到母亲面前，"我听说是这样的。"

应酬的声音掠过耳畔，我再次回忆起母亲曾牵着我的手走进夜宫。一盏枝形吊灯慢慢摇晃，棋盘格地板铺就的大厅里有一位头戴皇冠的女王，我安全地藏在母亲背后，一点点把硬皮面包含进嘴里。记忆中，因为女人们的争吵，我还看到疯癫的马伸出头来。在视野一隅，似乎有发光的物体在移动，我越过夫手向下望去，那个微胖的男人正用荧光棒向我传达信号。虽然距离相当遥远，他比画出令人想起舞鞋的手势，我很快就明白了他的用意，只是他用荧光棒大剌剌地指着自己的脚的动作令我不愉快，我回过头来看向母亲，她正将烈酒杯送到嘴边。母亲仰头一口气将深红色的球果和少许红色液体倒入口中，"接下来我们去哪里？"她对着我吐出被染成红色的舌头。

"请别这样。"我第一次认真地凝视母亲的脸庞，年轻的死者的肌肤白皙得如同白墨，双眼如同将业火沉入水底的黑泉。明明我已经支撑着她走到这里，但不知为何，我感到她的衣服里像是无尽的空洞。总之，我为了寻找妻子而从席间站起身，口中的药味和强烈的甘甜愈发强烈，像是喝下了酒精度数极高的绿色秘药，宽敞会场内的景象开始剧烈旋转。

———

　　以下是我的见闻，在我们身旁发生的事大抵如下所写。

　　场内熙熙攘攘的人群顷刻间分散至左右，给那位气势凛然的黑衣中年女人让出空间。她是妻子的代理人，她身旁是我的妻子，妻子身旁还有几名黑衣男子，宽敞的场内的其他地方传来动静，似乎正在搬运巨大的雕像，局势变得更加混乱。"请找代理人。一个合适的代理人。"我听到妻子的代理人高声喊着，妻子好像注意到了我，略显苍白的脸庞从远处转向我。在深得令人意外的女装店里，妻子选择的是面料沉甸甸、局部映出光泽的高级黑礼服，她没有选择丧服，而是选择了这样的衣物，着实让我惊讶。我看着她穿在身上，年轻而纤细的腰身和剪裁得体的礼服很合适，使得印象一新，我不由大吃一惊。——我再次想起妻子可以说出身名门，她在内心里对与年龄悬殊的我之间的婚姻究竟怎么看，我突然产生了疑惑。

接着，同样穿着高档黑色套装的女代理人似乎看到了我，她态度微妙地扭过头去，这时候我下到了微胖男人本该在的旷阔楼层，却发现妻子正把手挽上我的胳膊。她似乎是急匆匆跑过来的，正站在我对面，稚气未脱的浓眉没有丝毫变化，依然在奢华的黑色礼服上围了不相称的仿毛皮围脖。

"我还是说出真相吧。" 妻子在周遭喧嚣中压低了声音对我说道。

"啊——请讲。"

"列车发生了事故。你受了重伤，昏迷不醒。"

"什么时候？"我问道，感觉那就像是我小时候读过的书里发生的故事，"是第一天，第二天，还是第三天？"

"究竟是哪一天，我也不清楚。"

"这样说来，我的确一直都没有吃饭，也没有再接到电话和电报。"意识到后，我说，"说不定我已经在事故中死去了。我也有这种感觉。"

"死者无法接吻。你和我接过吻了，虽然只有一次。"

那时我想捉住妻子，却被她挣脱了，只留下美艳的礼服面料的触感，模糊的远景中有一群人疯狂地跳舞，突然感到有什么东西撞上了我的后背，我被卷入了漩涡般的巨大运动当中。巨大到需要仰视的白色石膏雕像被用多条绳索拴着拖走，裸足响起跫音，它被安置在一个品味糟糕的棺材形状的台座之上，看起来如同舞蹈家的死亡面具。我再次撞上激烈旋转的事物，大汗淋漓地转到我身前的是方才乳房被压扁的那位华丽的舞者。她气喘吁吁，双重虹膜的眼睛熠熠生辉："哎呀，就是这个。我很开心。我呀，和那些裸足跳舞的人不同。"说罢，她接过了我手中的纸袋，身后的微胖男人迅速搀扶起她出于惯性踉跄的身体，隔着领口大敞的黑衣，猛地抓住了她的两颗乳房。"哎呀，请住手。"华丽的舞者轻轻推开他，从挂在腰际的蛙嘴式小包里取出纸钱和硬币付款，我自然地接受了，不知为何，我感到这是重要的行为。"顺带一提，您似乎把我想象得太夸张了。"微胖的男人从旁插嘴，"从前的老行当，我早就忘了。现在我只踏踏实实过日子。""你耍得一把好刀。"我说道，"你对决斗已经失去兴趣了吗？""区区我等。奈谁也赢不了乌有王。"——微胖的男人说着奇怪的话，嘴角歪斜，露出浅笑，他跪下身，剥开薄纸，将两只舞鞋穿到女人的脚上。

"舞蹈家里没有大脚，也没有扁平足。她们的脚就像鸟爪一样呈现出漂亮的高弓形,有着流畅的线条。"不知是谁在高声讲话,有着巨大裸足的白色雕像在脚踝上缠着许多条绳索,就这样出现在场地中央,仿佛成了涡旋搅拌的中心。我的唯一目的是将妻子引见给母亲,想着此外的事怎样都好,但我目瞪口呆地伫立原地,向更高处望去。这里似乎是在漆黑的机械山内部,环形的各个楼层深处都排列着细小的天窗,似乎各自采取了不同的运转方式,嘎吱嘎吱地缓慢转动。附近有许多人牵着手,形成长长的锁链,像跳舞那样缓步,我望着他们,突然感到强烈的甘甜涌上喉头和口内,我将深红的液体和球形的果实吐到手心里。"——我就要离开了。本就没有久留的想法,已经足够了。"从甘甜湿润的嘴里传出母亲的声音,我狼狈不堪。"你不能不去见我的妻子。虽然她有些太年轻了,但我想她一定会成为好妻子。""我在那边看到了,已经足够了。"年轻的母亲的声音继续说,"说来还有那件事,孩子的事情我也听说了。你可一定要好好干啊。""不不，你在说什么？"我愈发焦急，却再也没有听到回应，只感到一股强烈的绿色药味从鼻子深处直抵天灵盖。——正是在那时，在拥挤的人群中，我看到我的妻子似乎和某人一同离开，带帽兜斗篷的背影使我想起担任老家管理人的那个老人。妻子在夜宫里也曾像这样一声不响地从我身边离开，紧接着，我想起带帽兜的巨大斗篷就像白色枝形吊灯一样，作为没有内容物的乌有王悬在中空。当斗篷稍微转过身来，帽兜深处，纤瘦的少年脸庞明晰可辨。这无疑是我在深夜的车站旅舍目睹的持刀人的那张令人不安的面孔。

———

　　我追上去时，妻子只是"啊呀"一声，并没有露出惊讶的神色，只是微妙地像是要避开我，后退到墙边，似乎在庇护身后那个披着帽兜斗篷的人。人潮涌动，不断卷起漩涡的场内响起了女代理人仿佛宣言胜利般的声音："那个女孩才是唯一的后人、唯一的继承人。"这宣言引起了不满和反对的声音，奚落声四起，场内一片哗然。"在这种时候你要去哪里？那个人是谁？"我问道。"是你家里的事。需要你确认委托管理文书，××也不厌其烦地说过。"妻子道出了女代理人的名字，披着帽兜斗篷的人依旧藏在她身后，弯下腰，战战兢兢地低下头，他的态度也让我想起了那个老人。"——你能说出山人鱼留下了什么吗？""——继承她的思想，并且传给孩子们，只有那个女孩能做到。"——带着一群男手下的女代理人的演说声仍在持续，场内那尊巨大的白色裸足雕像开始激烈地改变行进方向。大量的绳索和各处的卷扬机被启动后，一齐轰隆运转，雕像的拇指球和相连的四指迫近眼前，魄力宛如巨舰的船头，我畏怯地将妻子护在身后。——在别名"踮脚的魔女"的山中伯母的脚趾中，有的指甲已经被压迫变形，台座急速旋转，脚背浮起的血管、皮肤的皱纹也近在眼前，高弓般的、呈现出优美弧线的一整只脚又一次远远可见。内外踝骨的尖锐突起、脚腱的紧张和脚踵的安定之间的平衡感，都让我再度意识到这座女人足部的白色雕像同时也是舞蹈家的死亡面具，也就是说，在我再次面向妻子之前的短暂时间里，我的注意力完全被其他事物吸引。

于是，披着斗篷的人物悄然撤退，消失在墙壁与卷扬机之间的缝隙，妻子也被硬拽着向后倒去。

这不经意的动作犹如车轮的后退，却又表现出在决斗场所看见的压倒性的敏捷。

———

　　"啊呀！"妻子再次出声叫道。我立即支撑住她，使她没有跌倒，但卷扬机继续嘎吱嘎吱地运转，我意识到机械的墙壁也在稳定地大幅度旋转。礼服挺括的面料被扎实地卷入其中，眼看着就要被绞住，限制了妻子的行动，她松开了我的手，被拖进狭窄缝隙的更深处。——"啊呀！"妻子的声音和回声都渐行渐远，"地下！我要到地下去了。"从遥远的地方传来最后一句话，声音就消失了。我无法进入狭窄的缝隙，至于后来如何艰难走过通往地下的通道和楼梯，却也不必详言。

　　在走下曲折楼梯的过程中，我看到了许多幻影，黑暗中我看到似乎在冥想的头发浓密的年长女团员，穿着新舞鞋、疯狂起舞的华丽舞者那天真烂漫的幻影也出现了。"要跳舞，片刻也不休息，要一直跳下去。我可是非常擅长跳舞的。"——我在仿若地下宫殿的地方，在廊柱与廊柱夹逼的旷荡空间中，我看到像是一只横卧的人鱼的下半身似的物体，它浸在流动的白色雾海里，接着，我来到向两侧敞开的大门前。它很像夜宫中的特别房间的门，但更高大，我的手触摸到冰凉的把手，踌躇不决之际，香气强烈的唾液如泉水般涌上我的舌头，母亲的声音再次响起。"——也是啊，从世俗意义来讲，这姑娘也继承了许多东西。钱几乎都是她自己付的，对吧？""旅行的费用我们商定好均摊。"我感到困惑。"将那个姑娘封印在狭窄的地方，似乎是那个人的决断。"母亲的声音继续说道，"你的虚无和那位姑娘的虚无完全不同，几乎没有相似之处。

虽不至于说成是硫黄和水银的结婚——但你们血缘相近，脸庞果然也很像呢。""我现在很忙。"我正要拉开门，却发现它是类似出口的推门，似乎有什么障碍物，发出僵硬的声响，却纹丝不动。

"在这种时候，一般会喊妻子的名字吧。"

"可是你在我嘴里。"

"看来我还是客气一些为好。总之，能见到你真是太好了。"我感到一股冲出天灵盖的风，"——作为一个一直在挥霍的母亲，抱歉了。"

不知为何，我理解了母亲已经彻底离去、不再存在于任何地方的事实。尽管事态紧迫，但这样的结尾不是太过凄凉了吗？哪怕这是母亲的一贯风格。我内心焦躁，破罐破摔地推门，房门开始一点一点地挪动，像是推翻了某种高耸而不稳定的物体的重心，那种感觉令人不安。透过幽暗的门缝，可以看到拖着大量绳索、倾斜幅度极大的机械手臂的一部分背影，一瞬的空白之后，传来地面的轰鸣声和恐怖的爆破音，尖叫声也混杂其中，使我愈发动摇。当我终于走入室内，在那里目睹了超乎预想的惨状——首先是从空间上方摇摇晃晃地垂下大量弯曲的绳索，控制它们的本体则是横卧在地上的卷扬机残骸。这是我之前在很高的楼层上所见到的卷扬机中的一台，不知为何，它歪斜着坠落于此。墙壁上也有一列大窑，朝暗处喷出白色蒸气，这里可能是存在于地下深处的浴场的机械室。这个地方只有来自室外的光线和电气窑的照明，一片昏暗，充满了物体的投影。

妻子——我的妻子仍保持着礼服的面料被紧紧绞住的姿势，她倒在许多根弯曲的绳索垂下的阴影里。她眉头深锁，紧紧闭上双眼，脸庞的下半部隐藏在破损的仿毛皮围脖下，但不难想象嘴角两端正激烈地向下撇。滚落的机械手臂跨过了妻子，却在前方碾碎了不知是什么人的腰以上的部分，将其压在身下，露出来的下半身横陈在地。红色的血迹缓缓蔓延，铁的机械与斗篷布料缠在一起，与车轮合体的一部分仍旧在徒然空转，整体印象与其说是大号匕首，不如说是危险的机械凶器。那时我确实看到了——从痉挛的、丑陋的突起部位咕嘟咕嘟地淌出黑油，那具通过机械装置运动的个体便是乌有王。

———

　　接着我把仿毛皮围脖拉到下巴颏，妻子的嘴唇在我眼前翕动，说了这样的话："我要把火点着。烧掉。让一切化为乌有。"

———————

　　这些事在我印象中都发生在深夜，但实际上，我们来到山麓的小车站时天才刚刚黑，那是座小巧朴素的乡间车站，也是我小时候云山中宅邸时，距离那里最近的车站。黑色的机械山是否依旧矗立在我身后，尽管煌煌的大火照亮了山麓，我却不愿去核实，如果需要进一步补充说明的话，回到出发地的港口车站的两张车票的价格，是我手头的几张纸币勉强凑够的金额。只剩下了硬币和出租屋的钥匙，上车后，我们没有行李，手牵着手陷进座位里，睡得天昏地暗。

纵火逃亡。两个人手拉着手逃走时发生的事——在机械油上点着的火摇曳着蓝色火焰，如生物般滑行，向四周蔓延，那一带很快就化作青蓝色火海——点火以前，我们洒了油，又将窑里的火转移，这需要一定的共同协作。尽管如此，仍无法确保彻底烧毁一切，但这成了我们迅速逃离的原动力。反射的火光在我们背后如手指般伸长，无论我们逃到哪里，都执拗地萦绕不去——我们手牵着手奔跑，几度瞥见脚下出现了仿佛幽暗宇宙中繁星闪烁的空间，我们勉强不让自己坠落，而在狭径间穿行，妻子的双脚不时挣脱重力的羁轭，摇摇晃晃地漂浮在空中。歪歪扭扭的礼服面料变得硬挺，在空中张开，我握紧妻子的一只手，费尽力气拽着她逃跑，其间透过廊柱，我看到人鱼离去后的雾海，也仿佛看到了太古的石门。一边奔跑，一边侧目观察，发现石柱与石柱之间浮游着一只布满血丝的巨大眼球，在黑暗里向着四面八方射出无数锯齿状光线——而我正一只手牵着肆意在空中漂浮的妻子，试图将她拽回地面，奔跑已经使我精疲力竭，只要我们能够平安无事地通过那个地方，就已经足够了。后来在医院的硬板病床上，我从昏睡中醒来——这样说似乎也贴切。

　　彻夜行驶的列车在天亮以前抵达了港口的车站，我们在秋日泛白的冰冷空气里下了车。去往可以俯瞰海港的出租屋的那段路只能步行，我想，我就是在那时才终于感受到强烈的空腹感。烤栗子的人朝着清晨工作的码头工人叫卖，我用仅剩的硬币买了一袋递给妻子。

　　"托马西。"

　　"是个奇妙的名字，对吧？我一直以来都这么想。"妻子说。

　　"请多关照。"我说。接着，我们走回了家。

———————

　　——这就是我们惊异的新婚旅行的故事。没过半年，我就在工作的出差地与 P 再会。他意外地在与商品图录息息相关的批发商店认真工作，以此为契机，我的妻子开始与 P 的妻子通信。但在此之前，我们从旅行归来的几天后，我们二人的旅行包被波澜不惊地寄回了家——妻子的女代理人看上去十分满意，忙于处理舞团的权利继承等财产事务。然而，有时她的回应让我感觉自己或许仍处于那场列车事故导致的昏睡之中——偶尔的电话交流中，我会有这样的感觉。我的老家再次住进了管理人，似乎依旧是那个老人——这些事或许也需要捎带一提 在我们纵火逃跑后，是否并未烧成大火；乌有王是谁；日常生活中细小琐碎的现实；每日在餐桌上提供的各种面包。据我所知，仿毛皮围脖至今仍放在妻子的衣橱抽屉里。

———

P 他们仍在计划前往夜宫，但妻子似乎拒绝了同行的邀约。至于先前的旅行中不知为何始终成为问题的"孩子"，在十个月零十天之后出生的孩子是个有着奇妙眼睛的活泼婴儿，旅行等活动只能暂时搁置。奇妙的眼睛——倒不是说夜里的婴儿房会发光——或许只是我的错觉，当眼神转动时，偶尔会听到细微的机械声。就像是精巧的内藏钟表，或许我应该补充一句，有时在我自己的身体内，也会感到类似的存在。

这是我们的故事。夜宫的印象。以及其他旅行故事。

短

文

集

短文 1

　　山人鱼的葬礼上，聚集了可谓多彩的宾客。他们向着长影延伸至地平线的死火山山顶进发，登山者络绎不绝，宛如盘踞大地的黑蛇。不可胜数的载货车盛满了殉葬的死鱼，拖着车缓慢前进的生物似乎是头消瘦的象，全身长满瘤块。摇晃的虹彩薄膜似的生物，暧昧的影子般的生物。飞禽走兽云集的异色行列中，也混杂着寥寥可数的人类的王侯组成的队伍。

　　火山口附近荒芜的土地上，大大小小的瓦砾拖着浓重的影子，残破的石柱列成圆阵，中央是巨大的石砌台座，山人鱼横卧在那儿，在漫长的时间里，只是消沉地等待死亡。关于这座化作遗迹的石砌舞台的由来，以及人鱼的来历，都不得而知。体态丰腴、富含脂肪的白色肌肤，坚硬的鳞片，尾鳍的鱼骨，被置于如此不相宜的地点，除了一点点接近死亡以外别无他途。看我那渐渐糜烂的肌肤吧。山人鱼一吠叫，夜空中，那座承受着月球的死火山便回声游荡，填坑满谷，但即便如此，太古的海洋已退后至地平线的彼方，它太过遥远，就连潮骚细微的回响也无法抵达这里。

已经很久没有见过海了。失去了自己的国度后开始流浪的乌有王说道。尽管他终于赶上了葬礼，但山人鱼的躯体已化作巨大的残骸，在石头台座上迅速腐烂。艳丽的女体和下半身的鱼体残缺不全，内部的空气也泄漏出来，两颗乳房像是翻了个面。乌有王皱着眉向后退去，因为他还记得昔日目睹的美丽脸庞，而带着少量黄金作为供奉品的近邻的王，则将手中的皮革袋深深藏进怀里。还是为现世发挥效用更好，他想道。

至少要放一把火。乌有王和近邻的王同时下令。乌有的臣民们已在漫长的流浪岁月里完全风化，失去了实体，而近邻的王的护卫兵们利落地行动起来，随即，四周腾起大量漆黑炽热的浓烟，所有人都猛咳不止。伴随着刺鼻的恶臭，热性疫病就在这片土地扎根了——山人鱼的葬礼一直没有结束，没有人记得后来是否有生物安然无恙地下山。在月球的表面澄碧如先的夜晚，如今在山顶的石头舞台上仍会现出巨大的人鱼虚像，只是绝对无法窥见她的容貌。抬起一只手臂，郁郁寡欢地向后仰的那张脸庞，已经深深感染上蓝色夜晚的癫狂。

短文 2

　　婚宴结束后，我开始四处寻找不知去哪里换衣服的新娘，在深夜漆黑的图书室里，我终于找到了她。我想那是在我举行婚礼的老家。我娶了一位并不了解的、如少女般年轻的女子，个中原委已经足够充分，即便如此，我清楚地记得那时候的我感到了一种不安，仿佛做了一件无法挽回的事。年轻的妻子在漆黑书库的最深处，穿着和白天的婚礼衣装不同的轻快衣裳，攀上移动式阶梯的中间挑选书籍。熄灯以后，夜晚的图书室自然地化身为沉郁的、堆积的一片黑暗，那时，只有被远处书架环绕的妻子的小小身影清晰明亮。出乎意料地，那种明亮是看上去令人倍感亲切的温暖色调。若是打个比方，那就像是夜的洞窟里隐约可见的小小的篝火——在极其有限的范围内，光的分量只能照亮书脊，但无论怎么看，年轻妻子的存在本身就在向着黑暗静静发光。

"到出发的时间了。"

不知那是谁的声音，室内瞬间灯火通明，我看到妻子抬起了脸。在她脚边的地板上，瘦弱的小白猫站起身，从远处认真地注视着我。

短文 3

妻子的女代理人虽已年近中年，但看上去仍像是一只脚踏出了现实的模样。她总是讲起她做过的梦。

"——我从背后被轻松地撞飞了，手忙脚乱挣扎间，我被强制交尾了。羽毛飘散，头晕眼花，原本束紧的头发也凌乱不堪。我的嘴角抿着一两缕散开的发丝，终于用手撑起身，转过头去，崩颓的神殿所在的旷野里，仅有成行成列的石柱。旷野，被弃置的空虚，仿佛可以向高处坠落的碧蓝穹宇——盗贼无疑是柱男当中的一人。欸，就如同自古以来相传的那样，石柱的性别是男性，男性原本就是石柱。多立克柱式、爱奥尼柱式、还有科林斯柱式，虽说建筑样式上的细微差别我一点也不在意，但比例正确、高挑美观的独立圆柱才是我的仇雠、我的敌手。我呢，就连折断的琴也扔在了一边，决绝地一气朝遥远的装饰柱头飞去。我向来用鸟爪步行，觉得那双翅膀只是缺乏实用性的装饰，但实际用起来，它竟飞得很好。我上下自在翻飞，就连列柱廊的房梁结构也变得碍事。向着一脸佯作不知的柱子们，我又是鼓动涨满秋波的翅膀，又是轻轻用头反复撞击廊柱。渐渐地，我忘记了自己本是侍奉神殿之身，仿佛化身为一只轻盈的小鸟——但幸运的是，我原本就认定雄伟瑰丽的圆柱是我终生的伴侣，从空中最后一次猛烈突进之后，我就来到了这里。"

"你从前是迦陵频伽吗？"

"嗯。"

　　"迦陵频伽。上半身是女人，下半身是鸟，双翼，结发，多奏妙音。语源是梵文。那是佛典中的幻想生物，和希腊神殿之间不免有些……"

　　"嗯嗯，频伽频伽。"

短文 4

　　晒得发白的下行石阶，通往秘密的中庭，夏季枝繁叶茂的绿意里混杂着鲜艳的点点红花。不久后，将结出累累石榴。那个地方是当地寄宿女校的中庭，时不时可以看到寄宿生们无防备地小憩的身影，于是，陡直的石阶便成了我们隐秘的通路。为了躲避女舍监的监视，我们躲在滴翠的青草升腾起来的热气里，入迷地偷窥在户外休息的少女躯体，那一夜，我们的梦里充溢着奔放的幻影。摇曳发丝的阴影里，硕大的瞳仁和白皙的脸庞、笑声、疾速奔跑着离去的敏捷腰肢，隐约可见。那时候，透过树叶间的缝隙，射向小腿肚的恶作剧般耀眼的阳光，等等——那是在我们记忆中闪耀的都市；那是面向大海呈阶梯状急剧倾斜的、彼此支撑却又纵横交错的建筑群，密集与连锁地构成了这座荣耀的古都。比如，古典文书资料馆和交易博物馆的地基是由法院巨大屋顶的一部分来支撑，美丽的水道桥高高跨过寺院古刹。在室外的无数大台阶攀上爬下的人们，在各层区域会遇见别有洞天的蓄水池公园。政府大楼著名的阶梯庭园通向更为知名的观光墓地，只是，这一带长年来被下方的繁茂树林所围簇，无法望见闪烁的海的断片，这让所有人都打内心里感到遗憾。

后来，我娶了其中一位少女为妻，开始海上铁道之旅时，我们回忆起那座种着石榴树的中庭。食堂车浆得平整的白色桌布承载着些微紧张，驶过转弯弧度极大的海上轨道后，列车车轮的外径整面覆盖了一层黑色泥炭。我们知道，到了夜晚，那里会徐徐燃起蓝色的磷火。你在石榴树的庭院看到了我，我和堂姐妹们在一起。妻子放下叉子，一边等待甜点，一边讲述道。在祖母的宅子里，我们举行过法事。就是那个夏天的事情。你还记得吗？——窗外陆续划过几个无人的车站，不久后，列车发出哐当哐当的声响，渡过了铁桥，桥下河川的颜色浑浊、水量丰沛。芦苇丛生的岸边，我看到了熟悉的筒仓的身影和形状。当我奔跑时，一整面的浅绿色随风摇动，一路上是连绵的水田，沿途多是名特产和企业的广告牌，夏日的高中操场被晒得发白，外缘围起了高高的网。

　　短文集中的《短文3》曾以《关于短文性Ⅰ》为题收录于《风的短文：不特别的一日》（柏书房，2019），此外均为新作。

关于幻想绘画

———

日版函盒使用的奥迪隆·雷东（Odilon Redon）的《幻视》（*Vision*）因重复故未再用于特典。函盒的设计采用了银箔烫印，而非原封不动地使用雷东的作品。这是一幅著名的绘画，想必大家都很熟悉，左下方的男女散发着仿佛正处于旅途中的氛围，男人好像手提着像是行李的东西。我在很久以前就非常在意。除了带在身上的行李以外，左手提的是带把手的篮子吗？实在是引人在意的细节。篮子里装的似乎是眼球……我想，牵着手的女子或许是他的妻子？如今也在空中漂浮。

———

　接着是小说中提到的罗塞蒂的《他们如何遇见自己》（*How They Met Themselves*）。它原本是罗塞蒂在新婚旅行中画的钢笔画，后来也有上了色的水彩画版本。捎带一提，博尔赫斯《幻兽辞典》的"分身"条目里就有关于这幅画的记述。最新的河出文库版《幻兽辞典》收录了这幅画。发现时，我吃了一惊，心中生出自私的感慨，就像是隐秘的嗜好被公之于众。刚好在同一时期，岩波文库也出版了《D. G. 罗塞蒂作品集》，而我这一代人持有的是惹人怀念的 Libroport 版《罗塞蒂画集》。

———◆———

《黄金的阶梯》(*The Golden Stairs*),这是当我还是小学生时,见到的第一幅伯恩-琼斯(Burne-Jones)。面向儿童的世界文学全集中的一册选它作为封面,我总觉得这幅画也非常不可思议,时常凝视着它。它美丽得无可挑剔,首先是宛若奏乐天使的短发少女,她们的脸庞十分独特,富有魅力。为这幅画着迷再自然不过了,但它究竟意味着什么呢?我完全不清楚。美丽却无法在现实中存在的画中世界(诸如没有支撑物的螺旋式阶梯的奇妙构造等)——这个世界竟还有这般存在,孩提时代的我心中抱有这种模糊的感觉。多年以后，选定《山尾悠子作品集成》的函盒用画的时候，虽然我也考虑过选用蒙苏·德西代里奥（Monsu Desiderio）笔下倾颓的废墟画或者其他作品，最终，我还是选择了伯恩－琼斯的天使。那套函盒上的画的标题是《爱引导巡礼》（*Love leading the Pilgrim*）。此外伯恩－琼斯还有一幅《废墟之恋》（*Love Among the Ruins*），成为我年轻时的掌篇小说《传说》的灵感来源之一。

———

　　学生时代，我在京都的大学图书馆读到矢代幸雄的《圣母领报：绘画中的玛利亚信仰》，得知自己的生日 3 月 25 日恰好是圣母领报节那一天。自那以后，我便对这一主题产生了亲近感，后来写下了"Annunciazione"等作品。如今想来，在距离我的住处很近的地方，竟存在着泰斗级别的灿然名画。仓敷的大原美术馆所收藏的埃尔·格列柯的《圣母领报》(*The Annunciation*)，便是这张明信片上的绘画的另一版本。这两幅画构图相似，但大原藏品的玛丽亚和天使的脸庞更美，完成度更高。这幅画对我而言有

着难得在近处的缘分，我如今正接收着它妖异的电波，游

骋着幻想……

———

　　然后是彼得鲁斯·克里斯蒂（Petrus Christus）那幅著名的《少女的肖像》（*Portrait of a Young Girl*）。明信片上是去掉筒型帽子和头以下的部分，只有脸庞的切边作品。这幅作品模仿了北川健次在版画《彼得鲁斯·克里斯蒂》中的切边。实际上，这幅版画就收藏在我家中，每天不知厌倦地望着它，所以用在了这回的明信片上（不是彩色，而是黑白的版本）。超越了时代、国籍和性别的，抽象而蛊惑的，难以理解的容貌——我不禁觉得那是一种理想。

———

　　费尔南德·赫若普夫（Fernand Khnopff）的《被遗弃的城市》（*The abandoned City*）中的意象，我曾将其用作收录于《山尾悠子作品集成》的一篇小说《泥人哥连》中的一个场景。男人的职业是根据遗体制作出不差分毫的雕像，他在工作时留宿的公馆里，百无聊赖地望着窗外时目睹了画中光景，故事便是这样设定的。从被浅水淹没的石阶缝隙里静静上涌的泥土，我回忆起这段惹人怀念的描写。

———

　马克斯·克林格尔（Max Klinger）与很多其他的画家一样，我是经由涩泽龙彦了解到他们。"黑色时期"的雷东、罗塞蒂和赫诺普夫，想来都是如此。"经由涩泽"这句诅咒远比我想象得更深刻，在他离世后的很长一段时日里，我会对自己的喜好与审美感到踌躇不安。对此暂且不提，克林格尔的作品中，我收藏有"勃拉姆斯幻想"系列版画中的一幅，它的主题是戏剧性的艺术赞歌。但他更多作品的风格就像这幅《亡母》（*Dead Mother*）一样，体现出现代人病态的神经。侵蚀的孤独令人恐惧，却蕴蓄着极为锋利的美。这位画家的其他很多地方也都值得再叙。

———没有任何条理地，我想到什么便选了什么，现代画家因版权的缘故未能入选。尤其是无法让心爱的保罗·德尔沃（Paul Delvaux）加入其中，令我感到十分遗憾。我也忽然发现，《黄金的阶梯》和《少女的肖像》仍都是涩泽龙彦的《幻想的肖像》所收录的画作，云云。我的另一部小说《青金石》封面采用的沃茨的《希望》，若是入选就好了。

当我提及喜爱的绘画作品时，精神最为安定，感到幸福，但我总是不经意间将它们用作创作的材料，却不知如何是好。漫无边际的文章，就在此搁笔。

译 后 记

私人藏书室的年代记

———

在同志社大学国文学科读书的那年秋天，山尾悠子20岁，短篇小说《假面舞会》作为1975年11月号《SF magazine》的"女流作家特辑"中的一篇刊登。这便是作家山尾悠子印成铅字的第一部小说。作家本人似乎并不认可这篇科幻风格的少作，而是将同杂志次年7月号刊登的《梦栖街》视为真正意义上的出道作。赛璐珞动画质地的漏斗街上，食梦虫和拥有蔷薇色畸形腿足的舞女们纷纷登场。或许是娼馆的人鱼令老作家想起了自己的旧作《人鱼传》，这个结晶体般的故事受到了安部公房的青睐。

对于大学时代共通的文学体验，山尾悠子在同志社大学的学长、写下《关于星痕的七篇异文》的诗人时里二郎如是回忆：

> 作为同在 1970 年代的京都度过摇篮期的人，若要向世人展示那时的文学鸟瞰图，首先便要说，1960—1970 年代是出色的译者们将 20 世纪西欧纯文学一部部译出的时代。清水彻的布托尔、菅野昭正的克洛德·西蒙、篠田一士的博尔赫斯、川村二郎的穆齐尔、高桥英夫的霍夫曼斯塔尔、九谷才一的乔伊斯、古井由吉的布洛赫，等等。与此同时，我们如饥似渴地读着涩泽龙彦和种村季弘，以及标榜超现实主义的异端美术和文学的世界。重要的是，

那些翻译文学的旗手都是当时执笔激进的文学评论家。我和高柳诚最终选择的文学道路都是由方才提到的那些译者指明的。不单是我们，山尾悠子也无疑在日语语文栖息的时代中呼吸。(《山尾悠子的Romanesque，或论语言的矫饰主义》)

1979 年，从山阳广播电台辞职的山尾开始专职写作，并于 1980 年出版长篇小说《假面物语或镜中王国记》和少女小说《奥托与魔法师》，1982 年刊行歌集《方糖之日》。短暂的活跃后，山尾进入了漫长的休笔期，再没有新作品集面世，只是旧作偶见于幻想文学选集。在这一断层期，值得一提的是，在 1983 年的杂志《幻想文学》的"幻想纯文学特辑号"上刊登了总编东雅夫对中井英夫、山尾悠子、村上春树三位作家的采访。当年正值新书《寻羊冒险记》出版，村上也在访谈中讲起他的日本幻想文学体验。

日后随着读者增多，村上不愿再提起他与幻想文学的关联，
这篇特殊的采访也被作家雪藏，自此再未录入任何文集。
这独属于 1980 年代的奇异的并置，或许可以让我们窥见
这三人文学间的隐秘联系。

多年后，山尾悠子写道：

"昔日里我不曾遇见过由才华横溢的年轻女性们组成
的团体，因此，我一个人沉闷地写作歌集，觉得自己没有
足以使自己坚持下去的才能，便放弃了作歌。小说的世界
也是一样，女性的本质在这几十年间并没有发生剧烈变化。
我想，很久很久以前的那些'有点古怪'的女性都一个人
活着，最后一个人死去。我也稍稍回忆起了尾崎翠。"

数年前便发现了山尾悠子与尾崎翠在美学上的亲缘
关系者，是小说家高原英理。

留下的作品虽少，她却有着与稻垣足穗、宫泽

贤治不同的形而上倾向与博物学构想，同时兼具雌雄同体的志句。可以说，她是"形而上憧憬"的作家们的另一位鼻祖。况且，她也是所谓的"少女文化"表现者的一位先驱，在这一点上，她也与后来的形而上憧憬系"女性"作家之间有着更大的共同性。

在多田智满子、葛原妙子、山尾悠子、井辻朱美、水原紫苑、长野真弓身上，都有驻留在地表终究无法满足的、彻底的傲慢，以及希求绝对自由的少女意识，这些便是支撑着"矿物的、宇宙的、异世界的"诸主题的源泉。

再从具体的关联上来看，尾崎翠的《第七官界彷徨》有着预见了后来山尾悠子的《透视法》的"世界创造小说"的一面。（《形而上憧憬症候群——女性幻想文学者们》）

1932 年，即尾崎翠 36 岁那年秋天，翠滥用米格来宁引发了精神失调和幻觉，因此被兄长笃郎从东京带回故里鸟取，从此与文学生活诀别。同样"有点古怪"的山尾悠子却迎来了冬眠后的苏醒。"复活"的契机是 1999 年《幻想文学》的小型特辑"山尾悠子的世界"，以及 2000 年刊行的 700 余页巨著《山尾悠子作品集成》。评论家石堂蓝在解说中写道："山尾悠子从文学世界消失，已有十五年。在这些时日里，几乎每天都有出色的新人出现，却再没有像山尾悠子这样的作家露面了。"

2010 年，短篇小说集《畸形珍珠》刊行；2012 年，小说集《青金石》刊行；2014 年，增补版《梦的远近法：初期作品选》被收录为筑摩文库的一册。2018 年的长篇《飞翔的孔雀》于同年 10 月获第 46 回泉镜花文学赏，次年又接连获得艺术选奖文部科学大臣赏和日本 SF 大赏。山尾悠子似乎在不知不觉间成了不为人知的"幻想纯文学"作家中知名度相对高的一位。《梦栖街》在 2022 年出版了新编本，书中附有人偶师中川多理依照小说内容制作的人偶的照片，以及记录山尾本人时隔三十余年重访架空街道的短篇《漏斗与漩涡》。收录了山尾全部非虚构作品的随笔集《迷宫游览飞行》在今年 1 月刊行，尘封了四十余年的旧作长篇小说《假面物语》也于今年再版。

———

《山人鱼与鸟有王》于 2021 年 2 月由国书刊行会出版，是山尾悠子迄今为止的最新作品。日版原书如同经硫酸腐蚀的轻薄铜片般熠熠闪光，被收纳在绘有雷东的石版画《幻视》的手制烫银函盒里，使人不禁想象它百余年后的风貌。

山尾悠子的小说之间似乎始终有着诡秘的联系，窃窃私语，吐露着它们来自炼金术士的同一只曲颈瓶的事实。譬如，长篇小说《假面物语》中含有《偷影子的故事》和《泥人哥连》两篇设定相仿的故事，《亲水性》则有续作《不燃性》(收录于《飞翔的孔雀》)。《山人鱼与乌有王》也有它隶属的作品群，那便是男主人公的夜宫谒见前史：《夜宫观光，乘隙谒见女王》，关于女王昔日里的一对儿女的暗黑童话《夜宫与闪光的白昼塔》，以及关于少女托马西家族的故事《多萝西娅的头颅与银盘》。这三篇都收录于短篇小说集《畸形珍珠》，因此对山尾的老读者而言，《山人鱼与乌有王》或许是轻轻跳跃过旧作世界线的Boy Meets Girl（男孩遇见女孩）故事。在小说中出没的透明族来自短篇《关于透明族的素描》，列车遭遇事故的结尾则是致敬了山尾少时喜爱的 C.S. 刘易斯的奇幻小说《纳尼亚传奇》中从彼世回到现世的方法。

　　山人鱼机械城中盛大的鬼魂聚会很难不让人联想到

鲁尔福鬼影幢幢的《佩德罗·巴拉莫》，译者亦想起了押井守的动画《天使之卵》（1985），坚称小说中巨大的眼球是机械装置操控的太阳。或许，上述三部作品都呼吸着世纪末废墟的空气。梦中之城终究会被线性时间湮灭，但"时间的迷宫化"无疑会延缓梦与城堡的倾颓。

山尾悠子的小说是"不易读"的，这似乎是来自批评界的定论，但读者也能在发现其中机巧时获得不可言喻的愉悦（比如"我"的母亲，是由妻子在降灵会上召唤的）。在这里我仍要引用时里二郎的文章：

> 通过缜密的细节描写弥漫开去的时间的腐蚀作用，无疑是山尾悠子小说的魅力。（中略）然而，这种不易读几乎是在读者认真追逐物语情节时诞生的。登场人物众多，以至于不边读边做笔记，便难以掌握他们之间的关系。许多插曲的细节极为精巧，而

各个故事的时间轴与情节结构却暧昧不明，不得不反复回到前文确认。最不可思议的是屡次折返重读过后，开始察觉情节的暧昧或许正是预先设置的陷阱。叙述者几度挪动时间轴，去到物语的前方，或者退回到过去，试图引发时间的迷宫化，也是为了告诉我们，这则故事的时间基于"梦的透视"。起承转合无法道出梦的魅力。问题并非时间的流逝。而是用语言去描写时间的滞留引发的空间上的震荡。

原书在日本出版前，我无意中在山尾的推特上获悉，日方编辑在装《山人鱼与乌有王》原稿的信封上写下了感想"短文集的密度可以媲美《彩画集》"，于是，我也想在文末引用兰波的诗句。尽管，它或许不同于山尾记忆里

如矿物般坚硬的小林秀雄译本的兰波，却仍旧揭示了山尾的幻想领土与法国象征诗接壤的秘密。此外，山尾也在推特上写道，小说刚好刊行于她第一个孙子出生那天。不知婴儿是否也有着钟表般滴答作响的眼眸呢？

黎明[1]

我拥抱夏天的黎明。宫殿正面，一切都静止不动。水也死去了。阴影驻留还没有从林中路上退去。我从这里走过，唤醒了呼吸律动，温热有力的喘息，宝石在闪闪探视，有羽翼无声地飞去。

小径上已经布满鲜洁暗暗的闪光，这里第一件大事便是一枝花对我说出它的名字。

1　兰波 17 岁时的作品。选自王道乾译本。

　　我对金发的 wasserfall 笑，她的长发在松树丛中纷乱披散，在银色山顶上我看见了那位女神。

　　于是我把那面纱一层一层揭去。在林中小路上，手臂还不停地摇着挣扎着。走过平原，我要去通知雄鸡。在大城市，一座一座钟楼，在一座座圆屋顶上，她躲来躲去，逃之又逃，她在云石砌成的河岸上就像乞丐那样逃走了，我去追，去追她。

　　在大路高处，在月桂树小林边上，我抓住她层层面纱把她紧紧裹住，我略略感到她身体硕大。黎明和孩子一起跌倒在树林下。

　　醒来已经是中午了。

SPRING 野
更具体地生长

主　　编｜徐　狗
策划编辑｜王子豪
特约编辑｜王子豪　　徐　露

营销总监｜张　延
营销编辑｜狄洋意　　闵　婕　　许芸茹

版权联络｜rights@chihpub.com.cn
品牌合作｜zy@chihpub.com.cn

至元
CHIH YUAN CULTURE

出品方　至元文化（北京）
CHIH YUAN CULTURE

Room 216, 2nd Floor, Building 1, Yard 31,
Guangqu Road, Chaoyang, Beijing, China

二〇二一年，发表新作《山人鱼与乌有王》，时年六十六岁。

二〇一八年，长年沉寂后发表《飞翔的孔雀》，一举斩获第六十九届艺术选奖文部科学大臣奖、第三十九届日本SF大奖、第四十六届泉镜花文学奖。

刘佳宁

译者。

九州大学文学博士生。
嗜好幻想文学和少女小说。
译著有《思考的纹章学》。